父母國

安琪 著

【序】與詩歌同呼吸共存亡——讀安琪的詩

張子清[1]

花了連續四天的時間讀安琪的詩。我被這位自我流放北京的詩人執著追求詩歌的精神深深打動，她確確實實是一位少有的到了與詩歌同呼吸共存亡的地步的詩人。她為了詩途的發展而北漂，毅然決然地離開南方溫暖的家鄉，放棄舒適的工作，但她畢竟是凡人，除了在詩歌領域擴大視野和創作取得進展而產生喜悅之外，常人的悲歡苦惱她也有，她在詩裡自然地流露了身在異鄉的孤獨感，尤其在舉目無親的節日裡。她說：「所有的節日都是對你的懲罰／放逐自己的人理當得到餘世的孤獨。」（〈純粹感性批評〉，二〇〇九）正是在這種難耐

[1] 張子清，南京大學教授，翻譯家，批評家。

的孤獨勾引她深情地回憶她的丈夫、女兒、父母、兄弟、姐妹、外公外婆等家人，回憶在北京機場接從福建飛來見她的女兒時的喜悅和內疚。中外詩人回憶家人的詩歌多的是，但很少有像安琪在如此孤寂的境況下娓娓訴說她對家人的懷念，她藝術地營造了一種感動讀者與她分享苦苦思念的感情場。例如，她在孤獨中禁不住感歎道：

我背井離鄉已經太久
我不叫爸爸媽媽叔叔舅舅已經太久
我不叫姐夫妹夫老公孩子已經太久
我不叫哥哥不叫弟弟，已經太久。我的生命詞彙
喪失了這麼多稱謂，已經太久！

——〈我要從你身上找出所有親人〉，二〇〇九

詩人總是自甘清貧，但面對清貧的老父總不免愧疚，她在〈爸爸，我看見你鬆弛的小肚微微感到心疼〉（二〇〇七）一詩中概歎：

很安慰我沒有死在你的前面在接待電視臺
採訪我的午餐上你說
你有了一個錄製成光碟的女兒，她足以匹敵
你所有老朋友的孩子們貢獻出來的房子
車子。爸爸，我也很想貢獻給你物質的晚年
但我已不能
但我已踏上不能的不歸路

詩人一方面為自己的精神財富感到自慰，似乎以自己的詩歌掙來的名氣可以讓老爸感到自豪，但另一方面更多的卻是愧疚，想讓老爸晚年享受豐富的物質生活已經無能為力。你對此能不感到心酸嗎？說實在的，我至今對安琪如此拋棄一切個人福祉而橫著心北漂，依然無法徹底理解。但安琪就是安琪，不是我等俗人能完全理解的。她以簞食瓢飲為樂的顏回為榜樣，把寫詩當作「唯一休閒，唯一娛樂」（《女性主義筆記》，二〇〇九）。平常我對有些功成名就的名人的題詞「耐得住寂寞」一貫持懷疑態度，總覺得此種名言水分不少。安琪卻以實際行動實踐的「耐得住寂寞」，我百分之百相信，她坦誠地說：

畫地為牢，自甘困頓。我本質是個
孤絕的人我自絕於
元旦五一，自絕於
中秋國慶，自絕於
除夕元宵。一切與歡樂有關的
事物全部與我無關我自絕
於歡樂並獨自享用
這份自絕——

我的孤獨之心
我祕密養育它已有四十年

——《我本質是個孤絕的人》，二〇一〇

如今中外詩壇上像安琪這樣甘於寂寞的詩人真是少之又少。她對自己說：「在路上的你，追趕時間的你，欠死亡抽你揍你的／你，女性主義的你，你還想要什麼？」（《菜戶營橋西》，二〇〇九）凡熟悉安琪的人，都知道詩歌是她的第一需求，其他的一切都退居其次。她說：「我知道道路萬千我已走上最歧異的一條／（如果歧異也可以視為一種財富）」（《除夕有感》二〇一一）儘管如此，安琪畢竟是凡人，她在節假日裡深感離鄉背井產生的寂寞，寂寞中寫的詩篇因而首首動情，它們是安琪詩歌的華彩部分，最能緊扣讀者的心弦，也是最吸引我讀安琪詩歌欲罷不能的部分。

安琪誠然意識到她所選擇的寂寞之路，使她抵達生命體驗頂層的路，因此而變得堅定而堅強，在荊棘叢生的詩歌創作道路上勇往直前，她對我們披露說：

我性格中的激烈部分，帶著破壞
和暴力，沖毀習見的堤壩
使詩歌一瀉千里，

滔滔不絕。

——《我性格中的激烈部分》，二〇〇七

果不其然，如果她性格中缺少激烈部分，她不可能在三十五歲時就同遠村、黃禮孩合作主編兩卷本二千六百五十頁的《中間代詩全集》（二〇〇四），也不可能寫出宣言式的序言〈中間代〉，以至於一時攪動了詩歌界和評論界，在當代詩歌史上留下了不可或缺的一章。安琪現在正處在創作高峰期，用她的話說：「對我而言，寫詩是件手一伸就能摘到果子的事……」（〈女性主義筆記〉）如果說安琪早期主要投身於先鋒派的試驗詩創作的話（例如：〈任性〉一九九九、〈輪回碑〉二〇〇〇等），那麼現在的她似乎回歸到傳統的自由詩的藝術形式上來了，一種當代化的有別於五四時期流行的自由詩。眾所公認的，安琪是她這一代（或曰中間代）出眾的優秀詩人之一。她發表了眾多讀者喜愛的詩篇。安琪詩歌的藝術特色至少在五個方面給我留下了深刻的印象：

一、安琪自白式的抒情是與讀者敞開心扉的抒情，真心，誠摯，毫無虛飾，更無故作、多情或無病呻吟或言不由衷。她給讀者展示自己，剖析自己，揭示自己的心路歷程，而在揭示感情生活的體驗上，坦率得幾乎可以與美國自白派詩人比肩。她的自白甚至突破了中國人自覺或不自覺遵循的「子為父隱，臣為君隱」和「為君諱恥，為賢諱過，為親諱疾」的傳統，例如，她愛爸爸，但痛悼父親的去世時沒有掩飾父親生前的欠缺：

你是這麼揮霍生命的一個人你揮霍一生的金錢，和光陰。
你揮霍你一生最愛的煙酒，和女人。
你揮霍你曾有的刊登在《解放軍報》上的文學才華於曾經贏過
最終卻輸得一無所有的生意上。
你揮霍母親曾經的愛最終卻以恨收尾的冤家聚頭。
你揮霍你的軀體于夜夜遲歸的紙醉金迷你揮霍你的狂妄
你的虛榮你的
壯志未酬。
……

爸爸，我想問你這一生你還滿意嗎但你已不能回答
我想問你當你清楚自己即將長辭人世你害怕嗎
但你已不能回答
現在你的軀體永住在一個瓦罐裡它曾經被我小心翼翼抱在胸前
如果這個瓦罐中的骨殖真的曾經生育過我那麼爸爸
請還原出那個生育過我的你。

——〈每個詩人一生都要給父親寫一首悼詩〉，二〇一一

詩人雖然數落父親生前的諸多不是，但在她直抒胸臆中充滿了對父親的熱愛和刻骨的思念，其格調迥異於美國自白派詩人普拉斯的〈爹爹〉（一九六六）。普拉斯的父親去世時，她視他為上帝，可是後來以為他是納粹分子（其實不是）而母親更可能是猶太人，這就使她對父親產生了愛恨交加的複雜感情。普拉斯沒有隱晦她的這個感情，可是在表達上十分誇張，例如，該詩的最後一節：

你肥厚的黑心臟裡有髒物，
村民們從來就不喜歡你。
他們在你身上跳舞踩踏。
他們總是知道腳底下是你。
爹爹，爹爹，你這混蛋，我完了。

這正好驗證了中美文化之間的差異，但是在對內心世界的揭示上，安琪似乎與普拉斯存在著某種程度的相似性。不過，安琪悼念亡父的方式超越了絕大多數中國人沿襲的倫理觀，因此這種悼念詩在中國，可以說是安琪的首創。

二、安琪因寂寞引起濃濃的惆悵最能感染讀者，但她特有的幽默也會使讀者不由得會心一笑。例如，她在〈孔廟拜先師〉（二〇一四）裡說：

先師先師
我來自福建，現居北京

我寫詩已近二十載，迄今才思枯竭
懇請您午夜托夢
賜我妙筆一支

先師先師
我有夫名子林，現居北京
他已寫有論文多篇，與您有關
懇請您繼續助他靈感
繼續寫您

先師先師
我有女名宇，有外甥女名璐
現居福建
懇請您讓她們茅塞頓開
學業精進

此時清風徐徐，拂我髮絲
風哦，只有你一如既往，游走於古今
只有你見過先師
只有你
能把我的默禱，傳遞到他耳中。

又如，詩人想尋找理想（到北京尋找實現自己理想的機會），耳背的姥姥卻聽錯了，把「理想」誤會成「離鄉」，詩人以此自我打趣自己的離鄉背井：

拐個彎撞見姥姥，我說，給我理想，我要深入
「什麼？」姥姥問，「離鄉？
你想離鄉？你不是不要爹不要娘
獨自跑到那個什麼毛主席呆的京城
你還要離鄉，你要去哪裡啊？」

哎，真是無法接受姥姥的耳朵
竟然把我的話拐了這麼大彎。

——〈拐個彎深入理想〉，二〇〇六

安琪的這類幽默詩如果改編成相聲或小品在春晚演出，肯定會引發觀眾會心的優雅的微笑，絕對不同於那些庸俗的相聲和小品作品給聽眾帶來廉價的哈哈大笑。幽默是人的天賦，安琪充分發揮了她的這種天賦。

三、安琪的不斷句的流水行安排巧妙，靈活，能輕易地把讀者的視線從上一行牽引到下一行，這就使得詩行長短不一，變化多端，打破了慣常的思維定勢，因而避免了單調，例如：

朝霞鋪陳開的紅色絲綢為我的山河增添壯麗哦我愛
這飄蕩著久遠氣息的雞鳴之晨！
我在夕陽中的行走不斷遇到樸素的問候因為我不是

無數人中的一個，我胸中藏著的萬千激流正為我
佈置一場美妙的柔情它糾纏，怦然。
——〈多年以後我住到南宋村〉（二〇〇九）

按照傳統自由詩的形式，詩行應當這樣安排：

朝霞鋪陳開的紅色絲綢為我的山河增添壯麗
哦，我愛這飄蕩著久遠氣息的雞鳴之晨！
我在夕陽中的行走不斷遇到樸素的問候
因為我不是無數人中的一個，
我胸中藏著的萬千激流
正為我佈置一場美妙的柔情
它糾纏，怦然。

這樣安排下的詩行也不錯，仍然能抒發作者看到絢麗景色後洋溢的感情，但詩味顯然不一樣。這個修改文本讀起來平穩，順溜，卻不

免有些平淡無奇，而原詩則顯得先鋒，新潮，新鮮，儘管比安琪起步時寫的那種爬滿稿面的先鋒派試驗詩「規正」了不少，與傳統的自由詩藝術形式接近了不少。然而，在本質上，安琪現在仍然在激進的先鋒派詩人行列，例如她有許多爬滿稿面的詩篇。當然如果把安琪的這些激進的詩篇和金斯堡的長詩〈嚎叫〉（一九五六）相比，我們對安琪的激進就會感到習以為常了。如果把它們同美國後現代派時期的黑山派詩，例如查理斯．奧爾森的〈麥克西莫斯詩抄〉（一九七五），相比，我們也就不覺得安琪太激進了。黑山派詩完全拋棄了傳統自由詩的美學原則：正確的語法、邏輯發展、緊湊、詩節、適度的格律和押韻，等等，主要地訴諸即興和自發。安琪還是特別注重詞句的鍛鍊和邏輯的發展，不給讀者造成理解的困難。

四、安琪的文學文化積累深厚，生活體驗深刻，她的詩篇裡幾乎處處冒現閃閃發光的新鮮詩句：「後退吧，過去／亂七八糟的未來擠在局促不安的現在裡」、「牙疼隱含在牙裡」（表達愛恨交加到咬牙切齒）、「我不知道天為什麼時陰時晴愛人的臉／為什麼總不開花／全國人大為什麼總要開代表大會／他們究竟誰代表了我」、「不要的一天，天天過著，想要的一日／日日無望」、「樹葉掉落並非風的狂烈而是樹的不挽留」、「我選中了一款默默積蓄復仇力量的姿勢」、「風沒有身子／卻無處不在」、「也許我用盡一生的寫作只是一首徒勞的挽歌／只為埋葬／不為歌頌。」、「我曾經在新年看見一天地的雪，天哪／一夜之間新年／白了頭」……等等，詩人把它們輕易地摘來，鑲嵌在合適之處閃閃發光，它們含而不露的透闢與警示讓讀者回味無窮。

五、詩人善於運用通感的手法，使她所要表達的情感具體化，生動活潑，趣味橫生。例如：「風涼了，三**尺厚的風**／泊在北戴河的脊背上」、「單調和枯萎。每天我嘗試／**二十五公斤的寂寞與無力**，讓自己快步／行走在公交線路上。」、「正像你我此時此刻分居／南北，軀體百無聊賴在不同方向上／使力，**沉默堆積成山**／卻還是無人攀爬」、「我醒在第一個沒你的清晨／我神思迷離／不知此身何在／我看見**陽光在窗外喧嚷**」……等等，安琪可以隨手把它們拈來。有些詩人也刻意運用通感，但往往顯得生硬，不貼切，而安琪卻善於在特定的語境裡自然而然地造出混淆視覺、聽覺和觸覺的妙句來。

安琪是一個愛詩如癡如醉甚至如命的詩人，她先天的才華和穎悟力加上她後天不懈的努力，才取得了如此可喜的成就。我們期待她今後在詩歌領域裡再開闢大片的新土地。

二〇一四——十——二十，南京。

〔目錄〕

【短詩】

穿過熱帶雨林有熱帶雨林的雨

穿過熱帶雨林[一]有熱帶雨林的雨
呼吸的一片綠
幾行刮起又刮落的風
於是我醒了
我被深厚的葉子甩開
葉子這樣蒼黃
接近於一個下午的高度

一九九四年，漳州。

一 熱帶雨林在漳州市南靖縣，是我國東南沿海唯一的原始植物群落，也是我國現存最小的森林生態自然保護區。

女兒醒在三點的微光裡

（給陳黃宇）

一歲的女兒像一匹布
媽媽在哪裡？燙燙在哪裡？
一歲的女兒抱著奶瓶像抱住親愛的家

一歲的女兒醒在三點的微光裡
我和她一同飲下這春日的火種
祕密中的祕密
安置在女兒突然綻開的笑容裡
門踮起腳跟，搆不著她的手

記住那個冬季，那個
寒冷中痛苦快樂的母親。她就要成神！
但不會全軍覆沒

一歲的女兒翻轉身子
穿著夢語
聽得見她被幸福籠罩的微光
我的女兒叫宇，我的女兒粗枝大葉
茁壯成長！

一九九八——五——九，漳州。

母親

每天我都在身上找出不同的母親
字跡模糊的母親
允許我用自己擦去妳

妳總是來去匆匆
牽著妳的外孫女我的孩子
有時我看著自己始終搞不明白
家族的細線
如何穿軀而過

我隨意地丟棄母親的名義
我神經質地發現我尚未崩潰

多年以前我親眼目睹了母親發狂的一刻
一把躺椅扔進垃圾堆

因此我相信
我們總有一個要繼承妳的血液，我們將在某一天
瘋掉，說吧，母親：
我，還是女兒？

一九九九年，漳州。

老月亮

在微醉的麻木的狀態中月亮我要把你消化
連同大量湧進的古典意象老不死的李白
手別伸到蘇東坡的袖子裡

別告訴龐德家裡那個老黑人騎車經過月亮時用力拍
打一下美姑娘的屁股說哈
狗啃了天使的骨頭
半邊臉光光

半邊臉對於他們來說太實際
對於我們則太虛無

某些時間永遠過去某些永遠
不過去，不過去永遠摧殘過去毫無理由毫無
責任心同情心

譬如即將到來的八月十五不等於前年去年
再前年再去年再再前年再再……
我和爸爸愛人女兒妹妹圍坐沙發看電視等媽媽站立桌
前桌上擁擠月餅柚子和祈禱，來，媽媽
一炷香敬神明兩炷香敬祖宗三炷香保佑
活著的人活著
平安幸福

媽媽媽媽，我喊一聲
媽媽媽媽，女兒喊一聲
我抬頭看見月亮真老真的真老月亮月亮我喊一聲

月亮低頭看見我真老真的真老月亮月亮今年我們
一起老

二〇〇三——八——二十二，北京。

過完北京

十一月，北京，落葉滿地
我在公車上看到落葉滿地
像走到了南方的山上
像南方的山跑到了北京

其實南方的山也沒有這麼多落葉
南方的山
我想一想，有這麼多落葉嗎
已經一年了
我過完了北京的冬天
春天
夏天

秋天
就把北京過完了

從小到大
我沒有離開漳州一個月從小到大
我沒有在任何地方呆過一個月以上除了漳州
我過完了北京
就把北京當作漳州
就認為自己長出了另一個自己

二〇〇三——十二——四，北京。

像我這樣的女人

你在電話裡說
回來還是離，你選擇

我沉吟半晌，我說
我只要維持

我這樣一說，眼淚就下來了
我知道像我這樣的女人
已經不是女人

已經不是你想要的女人
已經不是你能要的女人
已經不是你該要的女人

像我這樣的女人
已經不是女人
已經不是我想做回就能做回的女人

二〇〇三——十二——四，北京。

到機場接女兒

今天是九月二十八日
我的女兒坐飛機到北京來看我了
其實是我想看她就用北京誘惑她來看我了

我提前一個小時到達機場
我以為提前一個小時到達機場就是提前一個小時
見到我的女兒

天上來往著那麼多飛機
每一架都像坐著我的女兒
天上的飛機每一架轟鳴著就像女兒飛跑著

天上的飛機落下了
我的女兒走來了
我們彼此看了看，不說話，彼此有點羞澀

我的女兒長高了
我抱了抱她，她說，媽媽我很重
你抱不動了

她說，媽媽我要尿尿
她被我抱在手上尿尿時說
媽媽我會尿到你的

那是在機場洗手間
我把女兒抱在手上我希望女兒尿到我
像小時候我給她換尿布她冷不防噴出的小尿柱

二〇〇三——十二——四，北京。

往事，或中性問題

再有一些青春，它就將從往事中彈跳而起
它安靜，沉默，已經一天了
它被堵在通向回家的路上已經一天了
閱讀也改變不了早上的空氣哭泣著就到晚上
流通不暢，流通不暢
再有一些未來的焦慮就能置它於死地
我之所以用它是想表明
我如此中性，已完全回到物的身分。

二〇〇四——八——八，北京。

青春行

青春自己離開我自己行，愈行愈遠
青春遇到一條河，河中的穢物尚未清理乾淨
青春是我的母親多年以前生下我
然後變老愈行愈遠。

二〇〇四——八——八，北京。

七月回福建的列車上

列車駛過時
窗外的山，山上的草，居然紋絲不動
寂寞啊
寂寞，寂寞離我不遠
就在車窗外。

二〇〇四——八——十四，北京。

好不容易

喃喃自語
喃喃自語
那些孤寡日子田邊地頭晚霞劃一條線就來到
從前，說不清童年滿天
我們仰望，大喊
好不容易長大
好不容易結婚生子一直到現在

照顧人群
照顧人群中不轉身不寫信的往事
千萬條路從出發處出發
通向祖國的大城市小地方

其中必有一條通到我正坐著的這把椅子
天真的童年
難道還會造出一條路供我回返
親愛的童年我們曾經一起仰頭看天
直到看見今天的晚霞

二〇〇四——八——二十九，北京。

新年快樂

新年，你都把我忘了，我覺得很突然
被越來越大的時間嚇了三跳
頭一跳在一九六九年
我出生，雞正好叫到
雞冠的位置
第二跳在一九九二年
我寫詩，結婚生女，感到全世界的好
都來了

越來越大的時間在二〇〇四年跳了
第三下，嘿嘿
我不動，動的是十二月二十九日二十點四十九分
滿屋並不新鮮的

空氣其原因主要是因為新年到了
帶來那麼多消化不了的雪
和冷。雖然張燈結綵
新年還是冷
還是有些

茫無頭緒。實際上我已忘了新年
我覺得很突然若干年前的
若干年前我曾經那麼渴望新年
像一切成長中的孩子
若干年後的若干年後我不像成人一樣
成長了。
我把新年限制在一朵花裡
花開新年到
花謝新年飛

新年年年如此？噢不對
想想看新年也老了
我曾經在新年看見一天地的雪，天哪
一夜之間新年
白了頭。

二〇〇四——十二——二十九，北京。

在路上

車在路上
我們在車裡
語言在我們裡

漳州在語言裡
漳州的人漳州的事
漳州的人在漳州的事裡

一個一個漳州的人
一件一件漳州的事
像是真的

像此時
像此刻
車在路上，一閃而過
路邊風景，漳州的人
漳州的事
故人西辭李白，我欲乘風歸去。

二〇〇五——四——二十四，北京。

給妹妹

但我早已預知，一切的結局，譬如你，譬如我
都是我們自己決斷的
一切的結局，都沒能，給父母，帶去美好的
關於此生的回憶
我們都是父母的壞孩子，我們用一連串的恐慌
把父母訓練得，膽小如鼠。

二〇〇五——九——十一，北京。

山海關

以你為背景，陽光熱辣，人頭攢動，我們偶然相聚
來到這裡
心中萬千感慨，面上波瀾不驚

時間中的風聲、中箭而亡的主人、馬
因為秋天總是空曠無雲
而春天百花，歡欣鼓舞，給我轉世的軀體多了三分
明媚，我生在二月
瘦弱的母親懷著我，從革命的動盪中逃離
埋鍋造飯，過小日子。黃昏的啼哭
一雙小手飛舞
我生在閩南甜潤的二月，空氣中的花香
鳥語，又怎是如今我站立的萬里長城

第一關的關
可以比擬。

人頭攢動，我們偶然相聚，三個來自不同方向的人
形成背景
各自有各自的苦衷，有忘記了的前生
看不見的來世
三條靜止的河流靠近了源頭
此刻，山海關前，有人揮手擺造型
有人含淚
背著夢到處走

而我微笑，憶起閩南的親人，他們都是
搭在我身上的骨骼
和血。

二〇〇五——九——十一，北京。

北戴河

並不怎樣的河水，奇怪地響亮著，北戴河
我看了一眼覺得平常
看了第二眼還是覺得
平常

這不能怪我，因為我來自藍色的海洋之鄉
那裡四季
天光濕潤
波浪滔滔

帳蓬陸續搭起，他們說，要在河邊上過夜
而我只想住旅社
這不能怪我，北戴河，因為我來自

腥風蕩漾的海邊之城
聽慣了夜晚水的哭泣
魚姑娘們恐慌的呻吟

風涼了，三尺厚的風
泊在北戴河的脊背上
我累了
沉沉睡去，我來自藍色的海洋之鄉
曾經見過你
曾經很奇怪

二〇〇五——九——十一，北京。

月上中秋

月亮，月亮，昨天的月亮
今天的月亮
唐時的月亮
宋時的月亮
李白的月亮
蘇東坡的月亮
再怎樣的月亮也是月亮
前面的月亮
後面的月亮
東方的月亮
西方的月亮
全世界的月亮照著全世界的人
全世界的人愛著全世界的人

月上中秋
北京的中秋
漳州的中秋
發自內心的虛無，距離遙遙，我打點行裝
奔赴在彎月趕往滿月的大路上

我的大路突然出現
我的大路沒有盡頭
我感到孤獨一人
又感到吾道不孤
當全世界的月亮齊上枝頭
萬方奏樂
中秋到了
我感到吾道不孤！

二〇〇五——九——十七，北京。

在鼓浪嶼

大概，我還沒深入它的內部，從六月到七月
輪船往返在廈門和鼓浪嶼之間
已經多次，熟悉的陌生的人，男人和女人
在廈門和鼓浪嶼之間交換性別
其實是一些錯覺，或者關於今生來世
的幻想左右了我
使我在對海天的閱讀中寄望那群
白色的點狀鳥，由低至高，拉長視野，和難以
言表的心事

大概，這就是我放置在鼓浪嶼的詩篇
剝開水，翻捲出深埋的淺顯的道理
關於此刻，關於未來，只要活物

就有期盼，就有渾渾噩噩
或強作鎮定的笑
從六月到七月，雨水在鼓浪嶼分外
妖嬈，感染了我居住的城市
炎熱消退
你在電話裡聽到汽車的聲音
你問，你現在在哪裡？我想說：
「鼓浪嶼」
我想在夜的中心停下，一隻黑色的鳥。

二〇〇六——七——八，廈門。

鼓浪嶼

譬如有一艘夜裡不動的船，白天不動，風裡不動
雨裡也不動，譬如你走上去，看見船上的路曲折起伏
類似波浪移居大陸，你打電話給它，你叫它
親愛的，天涼了，空氣濕度百分百
你喊它好人，美人，你牽它想它把它當作
百分百的親人
譬如這艘船突然心念一閃晃了一晃，儘管只是
微微的，輕輕的，柔柔的
你依然眼眶潮紅，你在這艘船上愛過一個人
他離去時風不動，雨不動，白天不動
夜裡動。

二〇〇六——七——八，廈門。

離開自己

我再次發現對自己的說服極其困難
如果用「現在」
給自己的餘生定位則上半生形同虛設
而用「過去」給自己定位
則過去像一把椅子失去倚靠
的背，和支撐的四柱
於是我選擇離開
留下「自己」在過去的椅子上
頹然傾倒
永無葬身之地。

二〇〇六——七——八，廈門。

拐個彎深入理想

拐個彎深入理想，他姥姥在門裡說，喲
這麼大清早也不怕一頭霧水
就撞進來啦

我回答，除了死不能搶，什麼都要先啊

姥姥不樂意了，她不願聽到死，呵呵
年紀大的人
總以為棺材裡裝著的，是他們。

其實，這世界的法則早已變了
老人們長命百歲
活得越久，越賴著不走，看看那些跳樓的

服毒的，翻車的，投河的，抹脖子的
吊頸的，什麼什麼的
哪個不是青春年少，正當韶華？

我年近四十，既不年輕，也不年老
我想從姥姥把守的門內找出理想
理想這傢伙
有時像春天剛落地的娃娃，有時又像
他姥姥家的陳穀子爛芝麻

拐個彎撞見姥姥，我說，給我理想，我要深入
「什麼？」姥姥問，「離鄉？

你想離鄉？你不是已經不要爹不要娘
獨自跑到那個什麼毛主席呆的京城
你還要離鄉，你要去哪裡啊」

哎，真是無法接受姥姥的耳朵
竟然把我的話拐了這麼大彎。

二〇〇六——八——八，北京。

北京往南

慢慢知道方向，知道北京往南，有山東和福建
鐵路時而筆直，時而捲曲
當我的眼睛望向樹們逐漸轉綠的歸宿
北京——福建，究竟要途經多少省市請別讓我計算
列車時而捲曲，時而筆直
道旁的山、房屋並未因
新春將至而感盎然
你在車上
手捧回鄉的心，並未因
故園將至而感欣悅
當我的眼睛望向空氣逐漸濕潤的所在

北京——福建

我的喉嚨深藏百年而不動。

二〇〇七——二——十，北京。

父母國

看一個人回故鄉，喜氣洋洋，他說他的故鄉在魯國
看一個人回故鄉，志得意滿，他說他的故鄉在秦國

看這群人，攜帶二月京都的春意，奔走在回故鄉的路上
他們說他們的故鄉在蜀國、魏國和吳國

無限廣闊的山河，朝代演變，多少興亡多少國，你問我
我的國？我說，我的故鄉不在春秋也不在大唐，它只有

一個稱謂叫父母國。我的父親當過兵，做過工，也經過商
我的父親為我寫過作文，出過詩集，為我鼓過勁傷過心

他說，你闖吧，父親我曾經也夢想過闖蕩江湖最終卻廝守一地。我的母親年輕貌美生不逢時，以最優異的成績遇到「偉大」的革文化命的年代，不得不匆匆結婚，匆匆生下我。她說，一生就是這樣，無所謂夢想光榮無所謂歡樂悲喜，現世安穩就是幸福。我的父母如今在他們的國度裡掛念我，像一切戰亂中失散的親人

我朝著南方的方向，一筆一劃寫下：父母國。

二〇〇七——二——十，北京。

給外婆

（外婆：蘇碧貞，外公：江錦錐）

你蜷縮在狹小房間寬大床上的身體
如一團捲皺的紙外婆，你不能動的右手
攤放著左手努力伸起迎著我的手它們
顫抖著哭泣著擁在一起外婆

它們有著互相呼應的血統！而與之呼應的
你的丈夫我的外公正在客廳的桌上
以遺像的姿勢存在。他們哭過的紅眼睛
和白色身影在忙碌——
我的父親母親大舅二舅
大舅母二舅母和表弟們

因為死亡，我們從四面八方趕了過來
我們看見死者的死和生者的必死外婆！
你說別哭，別哭，連毛主席孫中山也要死
外婆你說別哭別哭
連毛主席孫中山也要死

你的手綿軟無力它們累了，這一生你用這雙手
撐起一家十口人的吃和住
你有六個兒女，兩個公婆，一個丈夫
你有頑強的生存能力和卑微的命運
你有先外公而來的中風和癱瘓而最終
你死在外公後面僅半年

我們先是埋葬了外公再埋葬了你
我們先是有了糊裡糊塗的生之喜悅再有
明明白白的死之無奈。

二〇〇七——五——八，北京。

始終未來的往事

近段時間，我沉迷於對往事的思索，始終未及
它日漸模糊的背影。人物穿梭，而地點已變
而人物也已，不可通聯。

所有往事都已結痂，在心裡。不可觸動，更不可
試圖揭開。我權且麻木，得過且過，使腦子日日
昏沉，恍然已到，極樂世界。

我願意那未來的往事始終未來
太多面孔，隔著前生的河，他們不來，我也不去
他們忘了，我也忘了。

二〇〇七——六——二十三，北京。

我性格中的激烈部分

我性格中的激烈部分，帶著破壞
和暴力，沖毀習見的堤壩
使詩歌一瀉千里
滔滔不絕。我性格中的
激烈部分，一觸即發
它砰的一聲，首先炸到的
就是我

它架起雙手，一臉冷酷
我一生都走不出這樣的氣場
它成就我生命中輝煌的部分
——詩歌！卻拿走了
完整的軀體

我性格中激烈的部分
攜帶著我的命
一小段一小段
快速前行。

二〇〇七——九——十六，北京。

爸爸，我看見你鬆弛的小肚微微感到心疼

北方十月，早已入秋，南方，依然可以
光著膀子以至於我看見你的小肚鬆弛在漳州
我曾經熟悉的家裡爸爸，我看見
你鬆弛的小肚微微感到了心疼

你的老婆我的媽媽在廈門，你在漳州
我問你為什麼不到廈門你說
這裡有你的老朋友有你多年的酒肉兄弟
雖然你已沒有足夠的錢用來揮霍但爸爸
你依然熱愛你聲色犬馬的過去生活

你跟我細數你每月的開支，它們恰好用盡
你退休後的每一個子兒爸爸

原諒我的離去
原諒我自身難保的北京現在
當我到郵局取款，把微薄的紙幣塞到你手上
你略微羞澀的推卻讓我感到罪孽深重
讓我感到，死亡真的不需理由

就像此刻，一個年輕的詩人自殺而亡，他喪失了
他的責任而其實，他只是在逃避但爸爸你說
你很安慰我沒有死在你的前面在接待電視臺
採訪我的午餐上你說
你有了一個可以錄製成光碟的女兒，她足以匹敵
你所有老朋友的孩子們貢獻出來的房子
車子。爸爸，我也很想貢獻給你物質的晚年
但我已不能
但我已踏上不能的不歸路

在時間有限的長度裡，我在加大它的寬度和厚度
我擁有來世卻沒有今生，在鏡頭前，我如是說。

二〇〇七──十──九，廈門。

輪渡

我準備了萬人攢動的碼頭來承載你千里迢迢的
思情，越發開闊的秋意，紅的紅，綠的綠
南國十月，依然有熱辣的豔陽，吹面得疼的風
我準備了萬人空巷的蒼茫來迎迓這獨立空守的
心，整整五年，我不斷調整它從左到右
又從右到左，在我的軀體還無法找到
擺放它的位置前鼓浪嶼
請允許我在你永遠喧騰的白日
無限寂靜的夜晚
自由起伏，如魚得水。

二〇〇七——十——十六，廈門。

極地之境

現在我在故鄉已呆一月
朋友們陸續而來
陸續而去。他們安逸
自足，從未有過
我當年的悲哀。那時我年輕
青春激蕩，夢想在別處
生活也在別處
現在我還鄉，懷揣
人所共知的財富
和辛酸。我對朋友們說
你看你看，一個
出走異鄉的人到達過

極地，摸到過太陽也被
它的光芒刺痛

二〇〇七——十——十八，廈門。

雨用什麼方式保護自己

每次回家，總遇到雨，這纏人的傢伙
假裝成我的好愛人，舉著濕漉漉的手說歡迎。

歡迎啊，逆流的遊子，我們去遙遠的北方
學習此世的祕密，活過喜歡的一生
被喜歡的一生

挨著雨，我用腳後跟掂量南方的情
理交織。狹窄的街道，熟悉的鄉音，真香
滿目紅顏色綠顏色的樓，全然有別於北方的
灰色撲面，哦，我愛北方的灰色

單調和枯萎。每天我嘗試
二十四公斤的寂寞與無力，讓自己快步
行走在公交線路上。在北方我只要
有一張，屬於我的床。

就像在南方我只要一場，又一場
纏著我的雨，高舉歡迎之手假裝我
親密的愛人。多年了，我往返於雨的縫隙間
事實上我還沒有學會
用雨的方式，保護自己。

二〇〇八——四——一，漳州。

找不到痛的出口

因為沒有痛，或痛太滿，你找不到
痛的出口。因為熱，你脫了外衣，因為
脫，你感冒了，因為感冒，你吃藥
吃出一副病骨頭
因為骨頭，你被塞進甕埋到
老家的山上，因為雜草叢生
你找不到外婆外公的居住地
外公外婆前年死了
沒有他們領著
你在陰間也是
一個孤兒。

二〇〇八——四——十，北京。

水的骨頭

海有完整的皮膚在南方，清晨的海像羞澀的小姑娘薄紗輕罩，正午，海浩瀚，平靜

一次夜間，我和同伴住宿海邊旅社，聽見晚上的海沉重、隱晦，似乎藏有無數死者的幽魂。我聽見風掀開海的皮膚，一層層被掀開的水，沒有白天的細浪也沒有

爽朗的嘩嘩聲。它們更像陣亡將士的骨頭不斷推進，邁著秋風蕭瑟的腳步，直接碾過我們

的頭顱。死亡如此強大以至第二天清晨我們：眼澀，臉幹，頭暈，腳輕，天地旋。

二〇〇八——四——十，北京。

西山上

如果不是樹們吐出的這些翠綠話語，西山
就貧瘠得不足我們遠行
桃紅李白的季節，最宜踏青
車停在山下，也不管寶馬還是奇瑞
也不管主人額頭的汗水
心中的彷徨
且把西山當圓山[二]，抬眼望去，峰形的山頂
人群歡呼，恍若少年
初生時。

二〇〇八——四——十四，北京。

二　圓山為漳州名山。

許多葉子

連續兩天我被許多葉子攪擾，細微處抖動不已
連續兩天左邊的心房在絕望地跳，頭上的頭
在暈，身體在軟，呼吸帶著哭腔——
北京，北京，這麼遠
福建，福建，這麼近
我在這麼遠的北京熱愛這麼近的福建這一切
究竟為了什麼？

二〇〇八——六——十六，北京。

海上紫陌

（給福建福州，或漳州，或廈門。）

我知道你就在無處不在的空氣中，現在你是
空氣，代表全部方向。

你是「想」，沉沉地壓在馬背上，一匹馱滿「想」
的馬，沉沉地，落下淚來。

不想要的一天，天天過著，想要的一日
日日無望。如果生命是個大驚喜你說，我們都該

輕鬆一點。為什麼要拘泥於此生此世？為什麼
不回家？聽聽，「死亡」的聲音。為什麼雨

一直在落，像南方！「你在黃昏中吐出想念的露珠？」
——不，我的露珠，時時刻刻。

「你要把黑夜中獲取的那枚火焰深藏，
因為那是最後一枚。」

「火焰還在你手，你總是把它藏著，使我焦慮」
——但這是一個被冬天封鎖的夏天

我們無能為力，在文字的縫隙中心驚
手涼。在黑暗中走出埃及就像走出你我。

二〇〇八——七——四，北京。

道路已經鋪平，還有一些灰塵在臉上

（給年月[三]，我親愛的女友）

「晚上為你踐行，老地方，銀行中心，七點。」這個八月
在你發來的短信中有了一個完美的結局。我的朋友
我一直想為你寫些什麼但總是提筆躊躇
太過熟悉了有時反而
難以動手就像那個活在天賦中的人看不到
自己的天賦一樣我們彼此在各自的行為中
辨認出了那永遠屬於我們自己的標誌：
激情、寬容、愛，和別人評說我們時
所使用的「才氣」二字。

[三] 年月，本名連月美，一九七二年出生，《台海》雜誌主編。我的閨蜜。

我們曾經同行在北上的列車那靠窗座位上傾心
的交談。我們甚至曾經同床在
野山寨那蕭蕭風聲的夜裡木炭
燒暖的土炕上。
那時我們年輕，對未來有著無窮想像，現在
現在我們依然年輕因為我們不會讓屬於
衰敗氣息的腐朽、嫉妒
敵意，侵佔我們的心靈
我的朋友，清脆是你的常態而高亢，恰恰也是
我呈現給世人的表象
雖然在北京中科大廈人去樓空陰影籠罩的中視經典
（這唯一的光亮之所！）我會偶爾失落
偶爾有些絕望的自棄

我的朋友，我已記不得多少次我在這樣的時刻把電話
通到了你的耳際而你也適時緩解了我的焦慮
你甚至都已幫我做好了回來的準備但我說
再試試看，讓我再試著往前走幾步。我已經
出來了，這多麼不容易。
我的朋友，我們無數次在北京和廈門相逢我們互相交換
彼此的鼓勵，我希望我的朋友
都是你的朋友你也是。

昨天，就在昨天，在你送走了自訣的同事後我們在沉默中
把手機緊緊捂在耳邊，我們不勝唏噓
一時竟然無語。

二〇〇八——八——二十六，北京。

楓香林[四]

十年了，紅色瘦削身形在楓香林前的留影，黑白格圍巾
含苞的笑，小面積抿著的嘴，按快門和被快門按住的人
他和她和他們的詩意蕩漾，盤大錯綜的樹根，狀如華蓋
的樹冠，一片原始的生機始自不為人知的年代不為人知
的來處：楓香林！

我們穿行其間的超現實我們青春芬芳的上世紀我們記憶
我們蓬勃的心跳用來繁殖旺盛的生命我們侵入知了領地
我們的雨我們的水我們撿拾圓的扁的大的小的石子細細
擦洗並使之露出本色的姿態：楓香林！

四　楓香林，位於福建霞浦縣楊家溪畔，由一萬多棵楓樹構成。

你按照你的方式鬱鬱蔥蔥
我守著我的孤獨默默想你。

二〇〇九——三——七，北京。

楊家溪[五]

你來到某地，你遇到某溪，你看到溪水清澈
蜿蜒行走。你覺得陌生，你覺得熟悉
你看到溪水倒映一個老者的身影——
長十尺，海口尼首，方面，月角日准，
河目龍顙，鬥唇昌顏，均頤輔喉，
並齒龍形，龜脊虎掌，胼協修肱，
參膺圩頂，山臍林背，翼臂注頭，
阜頰堤眉，地定穀穴，雷聲澤腹，
修上趨下，末僂後耳，面如蒙倛，
手垂過膝，耳垂珠庭，眉十二彩，

五　楊家溪素有「海國桃源」、「閩東小武夷」之譽，位於太姥山西南側，霞浦縣境內牙城鎮西北部。原名南洋坪，相傳因北宋名將楊文廣在此平定南蠻十八洞之一，並留楊家將士駐守而得名。

目六十四理。立如鳳峙，
坐如蹲龍。他說——
逝者如斯乎，不舍晝夜。

你來到某地，你遇到某溪，你說——
一切消失的物事，都曾在水上發生。
（而一切被水帶走的物事，真的都曾發生？）
原諒我孔老，您在川上說的話就借我在溪上
說吧。

二〇〇九——三——八，北京。

我要從你身上找出所有親人

我叫你爸爸，我叫你媽媽，我叫你叔叔，我叫你舅舅，我叫你姐夫，我叫你妹夫，我叫你老公，我叫你孩子，我叫你哥哥我叫你弟弟，我要從你身上找出所有親人我叫你親人。

我背井離鄉已經太久
我不叫爸爸媽媽叔叔舅舅已經太久
我不叫姐夫妹夫老公孩子已經太久
我不叫哥哥不叫弟弟，已經太久。我的生命詞彙喪失了這麼多稱謂，已經太久！

我叫你爸爸，我叫你媽媽，我叫你叔叔，我叫你舅舅，我叫你姐夫，我叫你妹夫，我叫你老公，我叫你孩子，我叫你哥哥我叫你弟弟，我要從你身上找出所有親人我叫你親人我的親人！

二〇〇九——四——九，北京。

情動俄羅斯並致我的母親六

那一刻我感到了心酸，我從側面看你
俄羅斯！年幼時
我跟著母親練習俄語：
捲起舌頭，抵住上顎
再送出聲音
於是那聲音便能拐彎
便有一些憂傷的抒情的味道
彌漫空中。那時母親年輕
喜歡在靠窗的鏡子前
紮她的兩根小辮一邊
還哼著歌。我賴在床上

六 題記：二〇〇九年八月十四日到北京電視臺參加「情動俄羅斯——中國人唱俄羅斯歌曲大賽」的現場錄製，有感。

假寐，偶爾睜著一雙小眼
看陽光灑在母親身上
灰布上衣的母親有著
清秀身形它並未被寬大上衣
襯出。哦我的母親
我從未體諒過的母親
這一刻我聽著俄羅斯歌曲
想起了你
想起你成績優秀的尖子班生涯
它們，只持續了高中一年
便遭遇文革。我的母親
你多麼生不逢時
你的才華只好用來躲避上山下鄉
只好用來早早結婚
早早生下我們。當我在
遙遠的北京聽到中國人演唱

俄羅斯歌曲我同時想起了
你清脆悅耳的歌聲
我的母親你有漂亮的面孔
嬌小的體格但這一切都已老去
你有胸懷大志但如今正被女兒
記錄——
用來作為胸懷大志的
失敗案例。

二〇〇九——八——十五，北京。

我本質是個孤絕的人

（或不要問我春節回不回鄉）

晝地為牢，或自甘困頓。我本質是個
孤絕的人我自絕於
元旦五一，自絕於
中秋國慶，自絕於
除夕元宵。一切與歡樂有關
的事物全部與我無關我自絕
於歡樂並獨自享用
這份自絕——

我的孤獨之心
我祕密養育它已有四十年。

二〇一〇——二——十一，北京。

除夕有感

這隨意炸響的鞭炮莫不是提醒我們除夕已到
但我已忘了除夕的滋味
臥在夜晚暖氣盡失的房內請默契於這不問過往
請不必以祝福短信勾起未來之思慮
我知道道路萬千我已走上最歧異的路
（如果歧異也可視為一種財富）
但你徘徊於今昔之間的沉默又是何等難以為外人道的景象？
異鄉人回到異鄉，北京人回到北京
你這異鄉人為何還在北京人的北京？
公交寂寂，地鐵寂寂
你這異鄉人為何還在北京？

二〇一一——二——二，北京。

嵛山島[七]

你幾乎走遍了祖國各地唯獨沒來過嵛山島
你應該來，帶著你黑暗中翻身躍馬的能量
你炯炯的眼神
將在雲團密集的此刻燃燒，並且歡呼如同新生

孤獨已被站立不穩的大風吹散
現在是雨過的時候，天晴的時候，現在
我幾乎是一口氣來到臆想中的人間啊人間天上
我幾乎來不及準備盛放幸福的瓦罐
就讓幸福滿滿流溢

七　嵛山島位於福建省福鼎市。由大嵛山、小嵛山、鴛鴦島、銀嶼等十一個大小島嶼組成。島上有神祕色彩的大小天湖。

我想騎著你豹子一樣的呼吸來到嵛山島
一個矯捷的形象
沒有過程，也不做無謂的求證
就這樣在高可及膝的草野上狂奔
為了跑得更快我們迅速飛起
沉睡的海醒了
招呼海星海貝們一起見證這青春的重建

在完成一半的情感上
我心裡裝著一半的答案。

二〇一一——六——二十九，北京。

留雲寺[八]

在這裡看得見浩淼的海淡淡覆蓋著綠光的薄膜
綠光綠光，我們競相拍下你含羞的笑臉。

在這裡聽得見雲被收進洞裡的輕盈，白雲白雲
你舒展又聚攏的身子低低地走，滿懷思念地走

在這裡捉得到遠方人情牽兩地的祝福，跨過去
就是寶島臺灣，你的親外婆在那裡，你的親舅舅
也在那裡。

八　留雲寺位於福建省霞浦縣三沙鎮西隅之東壁山腰，距三沙鎮約四裡。

在這裡說得出祕密祕密的心事，菩薩菩薩
我雙手合十，中空的手心盛放我的禱語，菩薩菩薩
想說的都在這裡——

在這裡我祕密的心事得到心想事成的答覆。

二〇一一——六——三十，北京。

每個詩人一生都要給父親寫一首悼詩

（黃長春：一九四三——二〇一一）

爸爸，我已經回到塵世
在車廂煙火氣息濃烈的現場回想陪你走過的地獄三日：
你用微閉的雙眼回應我的凝視
（他們都說我繼承了黃氏家族永不改悔的小眼睛）
你用合不攏的雙唇拒絕回答我的呼喚
（這唇被化妝師塗上了多麼戲劇的紅）
你僵硬的右腳被我顫抖而發慌地套上老人鞋
（妹妹套左腳比我套得快）
爸爸，死去的你跟活著的你多麼不同
（我再也不相信這個詞「栩栩如生」了）
你躺在那裡

在冒著冷氣的玻璃棺櫃裡，我看見你身上覆蓋著絲綢緞被上書

「一世英明」——

爸爸我當然知道這榮譽不屬於你而你也當然知道。

我緊緊盯著緞被上的花我希望看到花瓣抖動這樣

我就能第一時間把你從未死中救活——

我真的害怕尚未死盡就被推進焚屍爐。

但爸爸這次你是真的死了

（這是第一次也是最後一次你躺在那裡）

全然無視我們的哭泣。

你是這麼揮霍生命的一個人你揮霍一生的金錢，和光陰。

你揮霍你一生最愛的煙酒，和女人。

你揮霍你曾有的刊登在《解放軍報》上的文學才華於曾經贏過

最終卻輸得一無所有的生意上。

你揮霍母親曾經的愛最終卻以恨收尾的冤家聚頭。

你揮霍你的軀體於夜夜遲歸的紙醉金迷你揮霍你的狂妄

你的虛榮你的

壯志未酬。
爸爸你何其自信你青春般的戰鬥力而我竟也相信你的不老神話
你何其自信你將長命百歲而我竟也相信死亡距你還很遙遠直到
突發的腦溢血要去了你的語言與行動你才發現疾病的殘酷
爸爸，一切都已晚了
當我站在你面前看到食管和氧氣管分插在你的左
右鼻孔我才發現疾病的殘酷。爸爸
一切都已晚了。
你的腦子尚還清醒
你尚還認得出我你尚還努力蹦出聲音但我們已聽不清你的話語
你和這個世界失去了對話的能力
你所有的想法都被疾病控制在喉嚨
當我為你擦拭失禁的大便時我知道
疾病的爸爸已經不能以男人對待，他是一個病人。
當我獲悉你愚蠢地把房屋證件交給你的狐朋狗友
卻在病床上無助於對方的耍賴時我知道疾病的爸爸用他

即將用盡的一生獲得了我們的原諒
他是一個病人。
他在用他不能表達的痛苦回顧往昔的歡喜，悲涼，乃至荒唐。
爸爸，我想問你這一生你還滿意嗎但你已不能回答
我想問你當你清楚自己即將長辭人世你害怕嗎
但你已不能回答
現在你的軀體永住在一個瓦罐裡它曾被我小心翼翼抱在胸前
如果這瓦罐中的骨殖真的曾經生育過我那麼爸爸
請還原出那個生育過我的你。

二〇一一——八——二十，北京。

早安，白薇

早安，白薇
露水中的小廣場黑褐，清幽，苔蘚茂密
早安，青石板臺階和無人踩踏的寂寞，寂寞的白薇
你好！
我來自漳州你愛人的故鄉
我是楊騷故鄉的詩人我代替楊騷看你來了白薇
我的前輩！
你和楊騷愛恨糾纏的一生我了然於胸過
不勝唏噓過
心痛過不平過
無可奈何過
你我相距數十年但再漫長的距離也無法消弭你我之間的共同
我們都是女人！

都在愛中狂喜過絕望過
都被愛火照得光彩十足又被愛火燒得傷痕累累直至
心死。
早安白薇！
你打出的幽靈塔我還置身其中
你打出幽靈塔最後到達的卻是餘生淒涼的晚景
你蜷縮籐椅的白髮身軀弱小，無助。籐椅是舊的
你是老的
你對一個來訪的青年說，我的愛人在漳州。
那個青年姓楊，名西北。
那個青年是楊騷的兒子
卻不是你的兒子。

二〇一二——九——二十六，北京。

秋天回鄉

這個凌晨三點半即翻身而起的人
也不管北京深秋的寒氣
這個五點半即打車奔赴機場的人
也不管路途陡峭，白露含霜
她在空中打盹，睡夢中被故鄉的山河撞醒
滿眼青翠的綠
樹在南方不知道秋之已至
不知道秋之含意
這個在南方不知道愛鄉愛人的人
此刻回程接受詩之訓誡
滿城短袖的男男女女
兀自呼嘯的大小摩托
這個在北方的曠闊中迷失方向的人

此刻貪婪吞食著狹窄街道熙攘的氣浪與凹
凸口音
再一次
她迷失在故鄉拆了又建的樓層間恍然已成故鄉的
陌生人！
她呆若木雞
她不知所措
事實上她已是故鄉和異鄉的棄兒
這是宿命，必然的
如果你也曾拋棄故鄉
她就是你！

二〇一二——十——三十，北京。

歸之於朗誦

他們把詩種植在這個夜晚
用男聲，或女聲。

朗誦者，你喉嚨深處的外公，外婆
和父親！
此刻都在徐徐走來

現在我要起身迎接他們
踩著文字的腳印
把他們從死亡中接回來——
讓我做他們年幼的孩子
重新在他們懷中成長一遍。

只要我永不出生
他們就必須一直活著，永遠活著。

二〇一二——十——三十，北京。

有故鄉的人

僅僅只需一架回鄉的飛機就可填滿天空的空曠

僅僅只需一個回鄉的人
就可讓機身變得沉重，沉重地穿越氣流
顛簸如同起伏的心事。

僅僅只需一個詞就能告訴你我也是有家的人
漳州，漳州
多年前我寫過，我很快就要背井離鄉。

漳州，漳州
為什麼你要問它在哪裡？
你的問如此殘忍，如此無知！

僅僅只需敲打此詩
就能讓我眼眶濕潤
如果你為此流下了淚，你就是我的親人
我打開家門
我來到客家樓
我坐在圖書館，就好像
我從未離開你們。

二〇一二——十——三十，北京。

夜晚的方向

我從夜晚清涼的風中提取我需要的元素
我的心在夜晚的寂靜中朝著危機閃閃的方向
攀沿，它無限擴大的想像滴著血
先我一步把此時點燃

我從夢中一躍而起
隨身攜帶著父親復活的呼喊
那邊太寂寞了，父親
但我能把你帶往哪裡

每個夜晚對我都像牢房
夢見父親的人在夢中被父親嚇住

睡眠是一扇關不緊的門
我曾嘗試著從這裡出去。

二〇一三——三——九，北京。

鴉群飛過九龍江[九]

當我置身鴉群陣中
飛過，飛過九龍江。故鄉，你一定認不出
黑面孔的我
淒厲叫聲的我
我用這樣的偽裝親臨你分娩中的水
收拾孩屍的水
故鄉的生死就這樣在我身上演練一遍
帶著復活過來的酸楚佇立圓山石上
我隨江而逝的青春
愛情，與前生——
那個臨風而唱的少女已自成一種哀傷

[九] 九龍江為漳州的母親河，是福建省僅次於閩江的第二大河流，最早名「柳營江」，因六朝以來「戍閩者屯兵於龍溪，阻江為界，插柳為營」故名。

她不是我
（並且拒絕成為我）

當我混跡鴉群飛過九龍江
我被故鄉陌生的空氣環抱
我已認不出這埋葬過我青春
愛情
的地方。

二〇一三——四——六，北京。

孔廟拜先師

正是冬天
孔廟一片寂靜
宜祭拜宜許願，宜說出心裡的小祕密
給先師。

先師先師
我來自福建，現居北京
我寫詩已近二十載，迄今才思枯竭
懇請您午夜托夢
賜我妙筆一支

先師先師
我有夫名子林，現居北京

他已寫有論文多篇，與您有關
懇請您繼續助他靈感
繼續寫您

先師先師
我有女名字，有外甥女名璐
現居福建
懇請您讓她們茅塞頓開
學業精進

此時清風徐徐，拂我髮絲
風哦，只有你一如既往，游走於古今
只有你見過先師
只有你
能把我的默禱，傳遞到他耳中。

二〇一四——一——十六，北京。

甲午年春，讀《史記》，兼懷父親

父親，是你說的：孝始於事親，中於事君，終於立身。
所以這個春節，我不回去。

我就在異鄉，讀你，讀《史記》
我日寫詩一首，「揚名於後世，以顯父母，此孝之大者。」

父親，若你還在人世，我必接你至京
飲酒，抽煙，品茶，這些，都是你喜歡的。

我必帶你閒逛廟會，地壇、龍潭湖、八大處……
咱一一逛去。父親你說，周公死後五百年出了孔子
孔子死後又五百年了，那個即將出來的人又會是誰

父親，我知道司馬遷已把這個名額搶了過去，他不推讓
他不推讓！
父親，我如今活得像個羞愧
一個又一個五百年，已過……

二〇一四——二——三，北京。

驟雨歇息

臨近黃昏
驟雨歇息的大地突然敷上金色
回頭望見藍天撕開一道口子
光線熱烈，紮疼我眼
原來
太陽一直在那裡

這是驟雨歇息的連城，高速路上
我被眼前金色的道路
和
兩旁長霧繚繞的冠豸山打動
深深地看了你一眼。

二〇一五——二——二十六，北京。

冠豸山一〇

環繞山間的
霧
遠看彷彿腰帶，連綿起伏的腰帶
跟著你的視線跑
從城東到城西
從城北到城南
你只要在連城，你就在冠豸山中

山色黛青
即使冬日也無法籲請樹們脫下樹葉

一〇冠豸山為國家級重點風景名勝區，位於連城縣城東1.5公里老虎岩處。

那樹葉為何常綠
那獼豸為何停留

那遠天為何有雲移向山頂
那大小不一的雲
那大小不一的雨

那從冠豸山走出的少年
他一生的努力只是為了重回此地。

二〇一五——二——二十六，北京。

連城一中[二一]

那年，一個少年在連城一中使勁
身體暗暗發育，理想漸漸萌芽

少年的眼神堅定
少年的家境貧寒

少年被連城一中的陽光烤曬
少年被連城一中的風雨鞭打

少年洶湧的內心就要殺出一條血路
快殺出官莊，殺出姑田，殺出連城

二一 連城一中，吳子林的母校。

快殺出這個世界，洪峰滾滾向前
少年在連城一中流下曙光乍現的淚水！

二〇一五——二——二十六，北京。

【長詩】

第三說[1]

飛機是不會犯罪的。你必須背著兩星期走路
你與時間成了老對頭

採訪測不出深淺
看守所裡，張掛著月光的肖像，貓像惡作劇的愛人
歇下焦慮
詩歌拒絕到你的身體上班
三月三十一日，燈提前關門，世界施加壓力
你坐的地方沒有意義

---

1 二〇〇〇年——二〇〇二年在漳州和康城聯合主編的民刊《第三說》即來自此詩題。

午餐正點到達
一條方框正好遮住它的腳趾。陰暗角落裡
書自得其樂
同時儲藏的還有突然和等待

我慢慢地說著寫著，說不清楚
運河到處張揚
北方不是你的。你在稠密的過去的某間屋子迅速拐彎
空氣抖了抖
我看到牆壁在發瘋
它追不上自己的敵人

選擇太多容易有誤
一個詞，也許你一輩子都用不著（福至心靈）
神的換骨運動又在升級
肯定有神

在加緊它的換骨運動！
詩歌給你勇氣，只要不死，就有自己的小天地

我們尋找兇殺現場
金老鼠是你的家，你不需要它，你說，你想開機。
和亡靈碰個杯吧
再不要讓刀心動，我進入它的飲恨，下一輪回，讓它當把
稻子？

談話昏頭昏腦，我累了，大金屬柱幻出變形的影子
我對它咧咧嘴
中午流下古怪汗水，分不清邪道還是正道
如果可能，它們都會殊途同歸
我匆匆吃下時間和事件
至少還有機會踢開討厭的稀飯和麻木

一個遍布細菌的人有著多麼可怕的爬行欲望！

辯護急需延續
內心的鬥爭漸漸落空
一失手就有案可查，靈魂掙脫睡眠，被摁到本世紀末
孩子們旁若無人
把一條魚塗滿檔案
四月一日，生活習慣地開始它的圍剿
我打個電話
時間是我的心腹之患

文件被凸出
氫氣工廠爆炸了，天空了，日子碎了
你想到「寫」，字就呼朋引伴，列隊前來
它們適應性極強
你穿上村莊的鞋子，走過疲憊的泥土路和太陽，懶洋洋

在木偶的長睫毛裡唱歌數手指
一個人踏上通往死亡的車轍

思考有不以人意志為轉移的痛意。

我記起福馬林病房，翻轉的身子，大舅母臃腫的體態
小丘一樣
呻吟有懺悔苦難的力量
「看好你的命！」
她說，使寧靜乘於上帝的關照

這體驗令人稱奇
同樣的名字張冠李戴，但別急，你的就是你的
音樂開個口子，當你老了
生命會向你要稅的

有華人的地方就知道金庸
十八歲是段好線條，適宜於長篇武俠小說
我曾在暑假鑽進閱覽室的板凳縫，在掌中演算天文

那時K還在城裡讀書
L在三沙水面捉拿魚的翅膀，閃動吊瓶的制服
W紮滿針眼的陣容慘不忍睹
從死到生，斷斷續續節外生枝

你以南的一面面面相覷
清閒有如書店每個上下午的寂靜，它太不像商業場所！
我來了，就給空間開鎖
然後狠狠地打向時間：老不死的時間
你永遠不要死

學著著急，著火，著涼，著慌——
因為接吻就是以牙還牙
延遲一個目的的到來
你看看你看看，風都在笑，長方形低下頭，全程一千五百公里

監視夢，它不斷膨脹，一天碼到它手上

現在顯然有動機不純在加入
假如衣服實行一夫一妻制，父親的一生應該打折扣
什麼可以騎自行車
人就錯了，春天有三隻腳，它的身分證沒有號碼
拼盤乒乓乓乒
壞情緒不會構成騷擾
「小四川火鍋」老闆上的最後一道菜是她自己

座位黃了，樹照顧樹，螞蟻啃石頭
你心領神會一切陡然開朗
靈感隨意擺置，碰碰它，「一個人在一個人時總會有點欣喜」
時代的特徵彙集到一個點上
我聞到了隔壁的青羽毛
整天你不幹事，氣死牛，把街道消滅

只有天使才能給上帝傳呼

黎明的請調報告尚未送出，你還有機會
埋葬它。
或者緊緊捂住在時間的夾口上
「心中有大自在」，我喜愛這句話，它正好切合實際幻景
我送出兩份紅包
一份雞毛，一份蒜皮

一個人老了，牆角的紅包還站著
感覺細微得要流淚
親愛的，載我到任何時候，神會保佑詩歌的人
保佑童年的麻雀
手又在發冷，它無法退到澄明，它癱倒在籐椅上

屍體像蛇一樣入冬
再過去就是慌張的掃帚。愛情有種神祕因素
你徘徊著浸入它的體液
來，一個人，時常檢查自己的肝臟、呼吸和細胞
從前生活挑選我們
更輕了，直到編成辮子和細雨

沒有邁出去的偶爾
玩一玩，裁下一寬度水，你憐惜草地，畫餅充饑

南山書社負責推薦人生哲學
我的奶奶在煙囪裡
煤油盞起，火是她的階梯？我喊著，我大喊：快跑
快跑——奶奶——火來了，火來了！
我相信靈魂
它真的長出六十六條腿，它清楚我的哭喊
靈魂是不能熔化的！

後面是一個引號
它還有多少是你賣不出去的？
青春的氣息，我每天都要吞一口，另外是深深的宰殺
箭頭蒼白
要不然我們從頭再來！
西西里島沉到九龍江裡，只有一個人把它拯救

我極力培育的袋子裝不了太多米
「世界上沒有白吃的午餐」
零點，無登場，它還有這麼一個支架需要支出
喧嘩縮小野外作業
瓦爾登湖習慣梭羅和你

實用輔導總共三百頁
他們說，這可以出個好價錢。英語六級，每一級都理所當然
地必要、討厭！
你只要進入製藥廠就不可避免地變成藥

但是羈絆無法救治
死亡依然百分百上升，一個重要方面是它有旺盛的生命力！

這還不是尾聲
人與永恆，與一根星辰的手指，它的小指尖散發的靜
內心的靜把宇宙搬到窗臺。

一九九九——四——一，漳州。

南山書社[二]

可以把夜晚具體地裝進一個語言環境

虛掩的鐵門，風剝開細密小雨，漳州有著潤濕的不適
書是旁聽者
五月三日帶著煙、酒和一些壞情緒

某一天我寫道「南山書社負責推薦人生哲學」

不止一次時間被我做注
主人K，一座二十八歲的青春房子，敏於行而訥於言
他的軀體裝不進一隻小自行車裡

二 南山書社是漳州一家書店的名稱，店主為詩人康城。這裡是漳州詩人們聚集的地方。一九九九年關閉。

書在南山，南山是陶淵明的南山
「陶淵明和梭羅是兄弟」，K說，菊花和箭簇
幽深的靈魂是它們的隱居地
我每天選擇一本書睡覺

藝術大於生活，像我的腳，習慣在中午十二點拐彎
踢動滿城灰塵
全世界都是眼睛，我把它們一一收攏
這樣就有反射的玻璃和條件
長髮具備優勢，當我需要，它可以變成劍，變成擋寒
的柵欄，來，試一下
一個曖昧的微笑使現實如期而至

只有真誠進入狀態，現在，風把夜晚吹開一點距離
桌子和朋友們一起碰杯

龐德、艾略特，博爾赫斯……中國的屈原、李白們
我哭泣著貼進你們
我的手一一撫過，是什麼讓空間充滿情意！
我熟悉你們正如你們不熟悉我！

牆壁像鰾魚呼吸，斑駁的三年，你是一直到最後才被神命中
神使你長大
順著天使的翅膀那些詩句夢幻似的舞蹈
數著花生的小日子落地生根
那些詩句是神的禮物，傳遞日光和眾多喘息的意義

而痛苦在漸漸傾斜，梯子一樣爬上來
我敏感於它的癌細胞
道路不是光，不會給你直達鐘聲，紙頁的心，挑起十字架
罪形影相隨在善惡的此岸
就在此岸！

脖頸忍受不住空壓的重量，在門及閘之間。
我看見莎樂美取下他的頭顱。

親吻記錄遺跡，以及毫無實質歸宿的內容
情愛大打折扣以半價身分被拍賣
我幾乎是在密語的衝擊下做了一些有益的事
肉身在倫理中越來越重
「美是能夠在困境中詳加審讀的。」這是博士劉小楓
的敘事緯語！

書在南山書社，一百年的孤獨以後是歷史的液體
滲進陰溝。
幸福是風乾的臘腸黑乎乎掛在墓園
它至少提供給遊魂午夜漏掉的部分
談話留下橡皮假人，椅子也要發言，它極力鼓勵舊時光

我想到你
狠狠地掐死閃亮的刀子把一天架上斷頭臺

工作突然給予濃霧意外的相逢
微笑頓了頓，清晨八點，空氣輕輕傷了一下，只一下
我們已經寬容
如果日子像括弧，關於滿足的神情，關於不可能
第三說，我決定和九寨溝合辦一座純淨加工廠
彷彿有多重的苦難在等著分解

即將用上的「再見」在電話裡沉默
蘋果的小蟲蒸蒸日上離開愛情的滋養，它試驗著
自給自足的自由。
快樂倒塌了……有多少快樂就有多少悲哀的棺材鋪
初戀建成南山書社
另一次「初戀」合上它的渴望與神話，灰指甲。

還是灰！精神浸泡在骨血中
慢慢從幕後跳到台前，它動了手術的傷口需要療養
需要一些蔚藍的激情
有時我總想穿上書籍走完生命的路程
梵古，薩特，他們都是我的父親和孩子，我的麵包？

噢，願時間被絞成粉，裝進木棉試管，一棵令人心儀的樹
沒有什麼理由
石頭開花，詩歌說話，大水蛾哭喪著臉
很快被報紙撲倒。
我包起它像包起骯髒的記憶，我把它丟在垃圾的垃圾裡
等待一個人把光焚燒

直到「土地，像一個詞」出現在我面前

直到，南山書社也成為一個詞——

它默默地像關閉一種銀白氣體，再近一些
直到主人用盡命運三女神的河流和皇冠，詩歌的姐姐
我喊出來用盡一九九八年的福至心靈
身體是一本書不好讀
電腦死機，這個夜晚加州旅館像罪犯一樣異常
老鷹們
大聲唱起來，我們都是愛的施虐者與被虐者！

這個夜晚昏暗有不為人知的神祕力量
書，像一個詞
南山書社像一個詞
還有愛情，往事的屍體，有時我會在夢裡到達一個地方
「數著它胸口的小祕密」
一陣光線藍幽幽地在體內變幻

歷史，像馬尾巴奏起琴弦，世界張著嘴，為發生的一切
目瞪口呆……

我躺下，五月十八日是一個虛構，五月十八日，成都天氣
陰轉多雲，偶有小雨
一個人他的存在就是虛構。
（一個人他的存在不是虛構）。

一九九九——五——十八，漳州。

任性[三]

我們時代的行程：一九九九．五．二十三——三十——題記

「嘿，你的靈魂歸隊了嗎？」　安的皮膚漸漸沉潛
皮膚與皮膚之間有強大的氣流

在趙家城，某塊凹凸不明的石刻上，沈握住大禹的手指
安說，她摸到了大禹的腸子
泥土造人，一簾花影雲拖地，傳統從一扇扇門楣而來
樓房呈現官帽狀

三　每年的五月二十三日，各級宣傳部門都要做一件事，紀念「毛澤東延安文藝座談會上的講話」發表若干周年，並輔之於采風等。一九九九年五月二十三日，我跟隨福建省文聯組織的采風團一行十三人用一周時間走訪了漳州市的水路（即漳浦，雲霄，東山這一路）。〈任性〉即是此次采風的成果。

青灰，混雜閩南風骨，反射斑斑點點黑黝黝的水，在琉璃牌匾上
西湖公園鐫有柯的名字
生活是收斂的，出外就不一樣，自由摘下面具
笑聲、喧嘩聲，構成中旅巴士的局部
「旅遊就是豔遇！」蔡信奉某外國詩人的至理名言
一位八十二歲的男子，可以旋轉一百八十度的三步舞
可以為了姿色平平的姑娘寫下「茶如女」
我們的蔡把日子過得像擁抱

雨，雨，雨在東山
雨在東山澳角，這地方我曾去過，頭髮亂了，海要醒了
澳角海灣停泊休漁期的散漫船隻
和一筐筐腥味撲鼻的風和空氣。
除了雨傘的重量，還有成雙結隊的肉體碰撞，腰以下
裙子綁著裙子，褲腿連著褲腿
東山的雨無疑輕於梁山

那時柯在車上喊：「看，多好。」此時白霧蒸騰於粱山間
沈搖頭晃腦「白雲深處有人家」
「停車坐（作）愛吧。」安迅速接上去，同時的尖叫
轟然而出
為唐詩保留一點嶄新空間？
「可惜師傅沒有停車。」——謝。
「但已經進入隧道。」——柯。
完美無缺的解讀，多年以後當我在中國的某個角落，我相信
我聽到的這個故事不是真的

詒安古城淹沒在趙家城的陰影裡，厚厚的城牆是一種邀約
它還記得百年前的那場甕中捉鱉？
羊，一黑一白，睜大驚恐的眼，瘦瘦的羊，身段缺少設計
「我看到了鬼！」童年的記憶教會安把羊和鬼聯繫起來
想起午餐蔡指著某盤湯說這是羊
安彷彿已把鬼吃進肚子

「心懷鬼胎。」——方。
「我還想把鬼生下。」——安。
「生個小鬼。」——方。
或許在另一種伶俐裡藝術的方永不衰老
衣服紮進褲裡，二十一歲就完成生兒育女大事，樸實而不木訥
善於把商業和藝術融為一體
智慧建成四層別墅，優雅，充實，不止芒果，不止小狗
「……東西都是家。」不是和尚的和尚，趙朴初如此題道。
星期一跳舞，星期二唱歌，星期三乒乓，星期四檯球，其餘的
就給書法，提倡褴褸
反對彩旗飄飄的生活
偶爾也會「硬要帶」，因為發展才是道理……
於是我們坐在一起，通往三坪的路有音樂作陪
陽光像沈的絡腮鬍子
密密地長過窗臺，一九七一年，這個世界需要沈的誕生，聞

或者雁，沉魚落雁，驚世之人
這是偉大的沈的抱負（包袱？）
一米八的塊頭急需五噸奶的供給，他（她）發誓斷奶，從經濟學或
生理學精神學角度
睡眠成批地降臨
天使收斂翅膀，安詳，斜靠夢的跑道，被夢斜靠
直到他半夜的痢疾帶動一個人罕見的沉默
並且在某張單薄的扉頁裡頹然傾下
音樂唱著不見不散，不——見——不——散——
「綱常萬古，節義千秋，天地知我，家人無憂。」
詳情請見漳浦黃道周紀念館
沈和柯的崇敬地。
「可以學他的精神但不必學他的生活方式。」——沈。
「想想看，在南京，他面對絕代佳人堅持不睡。」——柯。
因為睡眠容易被誘惑，或無中生有？
「你的眼睛和思想犯了幾次罪？」——安。

「現代人，你要受懲罰的。」——安。
「但不看不想更受懲罰。」——這是我為沈虛擬的一句話。

直到風的十七根手指在擠擠的廳堂中
這個夜晚亂了，全平和都動起來，紙張、顏料，墨和筆
和用作激情的詞
手臂變成機械，動作大幅度貶值，莊（女）和安心疼沈，蒼白的臉
剛剛被藥清理
左綹的頭髮不聽話地懸空
我聞到他汗水的痛，肯定有虛脫的情緒在明顯擴散
「就是要也不行了！」——沈。
「更不用說還要。」——莊（男）。
一屁股落實到椅子上，腿呈人字狀，只有呼出的氣，人潮
精神抖擻，不遠萬里
他們有效地把書畫當做風和雅附庸。
句子是現成的，但還得挑：足下生雲？淡者履深？心隨天籟？

若你是個姑娘你就要個「人財兩得」
是主任就來個「漸入佳境」
柯說，不成，不成，題詞問題體現了一個人的品質
當它落在紙上，就有神依附其中。「老人、名人的讚譽有其
不可思議的力量。」
蔡和許的書法因此深受歡迎。

對安，蔡題「出詩」。許題「造化」。
微觀上它們都是對神祕的指認，安是一個巫女，時常把長髮用作
致命的利箭
某個晚上她把長髮盤起，這就是溫軟的起因
不穿高跟鞋和長裙，但同樣會尖叫，對於一個女人，尖叫就是
被強姦。「請尊重我們的身分。」莆田的黃如是說。
他的左腿疊著右腿
兩手交叉抱於膝上
他用鼻子說話，使我的耳朵飽嘗了玻璃拐彎的痛楚

「詩歌首先要考慮讀者。」——黃。
「每個人都是讀者，所以你的話就是廢話！」——安。
只要不公正的批判還在對詩歌（尤其是現代詩，尤其是
中國現代詩！）發出
安就有理由為此爭奪生存空間
早餐不歡而散
重要的是詩人內部的懷疑！
要命的是詩人內部的懷疑！
蔡，謝，行行好，不要讓安流淚，不要讓中國現代詩流淚
它們才剛剛起步，尚未跨入門檻

「有兄妹之緣而無ＸＸ之份。」在舞池上，謝與安看起來
像高倍望遠鏡。
語言可以做多重解釋。
一九九五年的純真保留在謝代為填寫的匯款單上
那些感覺自殺了！

「一個人多幾次采風就會變得刀槍不入。」——廖。
「因為好色滿園春。」——謝。
還因為一種詩達到飽和就像杜甫接受縣太爺招待撐破肚子。
地球在屋頂上
木頭房子讓戀愛不在行
小眼睛謝慫恿長條糯米飯與香蕉較量，女神，女神
你的柚子多麼誘人
你的蘋果直上青天。你的蘋果壓著我的蘋果。
「任何美都是恐怖的。」——沈。
因為美具有侵犯性，還因為，美能「一鎮乾坤」！
從趙家城得到的一句足夠沈回味一生。
另一方面，安也在沈奮筆疾書的「我們時代的行程」中
幾乎把持不住

邱，邱，企圖從時間中騙出更多的時間
他裝做生於一九七八年，一個小官腔患者，小處男，善於總結

而不自知。
他在依次發言的第七位，他在第七位元的發言顯示他有美好的未來
（發黴的未來）
漂亮的邱營養充分，像一滴透澈的水珠，彷彿真的只有二十一歲
那丟失的十七歲在鎂光閃耀中還是沒回來
琵琶妹妹，葉子像沙一樣，船又像魚的骨頭，風是紅色素
這種花你看過嗎？
「金漳浦，銀同安，鐵紹武，紙紮的福州」，民歌也會退化
時間一轉它們就死了
再造一首民歌，它們在口頭流傳，帶來蠢動的欲望
來，小汽車，破輪胎，上上下下的享受
帶來節身自好的自守，他說他可以出汙泥而不染
「人即是泥土化的。」——女媧。
「藝術不是人，不能信手揮灑。」——謝。
「但藝術的最高境界就是玩。」——安。
「怎麼是玩?!」——莊（女）。

在車上，爭吵的樂趣來自於對《藉口》的朗讀——
「我們把床搬到野外，我執意於自己的放鬆……」
我想我可以對自己的詩做一番解釋
但風太大，路太顛簸，黃不以為然，他說太白了，若黃不是客人
我真想把憤怒狠狠摔向他的臉
在西坑，我敢說我看到了他的死灰
一個作家卻沒有一副好心腸
一個作家卻沒有一副浪漫情懷

因而在三坪寺前，我厭惡地把相機收起。
莊第一次看到安的個性，莊有多種態度，她說她太注意場合
包括衣著，談吐，她說她喜歡安，如此自我
詩意盎然
她不懂現代派，但折服於安的純粹。一個美麗開朗的姑娘三十歲了
卻還沒把自己打發出去
我想是在舞臺上我不屑於她的身分（演員）

直到采風的第三天，第四天，直到她喊著
「安，這是你的現代派！」
那是靠近一個女人的本性流露
放光，機智，活潑，在有背景的牛仔紅服上，一幅麗日晴天
美麗的偶然，不死的偶然
在低級的群體裡一個人有志於改變他人的觀念
一個人像肩負某種使命有志於改變群體的形象
莊笑了，如果她哭會更好，若我有淚水我願奉獻予她
若我有淚水只有相愛的人看得見！
死亡距你還有一首詩的距離，邱說，知不足常樂
「不足」不足以完成一首詩
那死亡距我還有一首詩的距離

沒有人，除了廖能在天地盤上打坐，膝蓋盤得絕對專業
可是他不集中
陽光到頂，到處都是眼睛，眼睛與眼睛會打架

一隻只黑蚊子叮在正午的光線裡
氣由丹田，再往上，直到脖子，脖子像吊在空中，發熱
據說臺灣氣功師曾在天地盤上感到正午的陽光變得清涼
「一個人選擇死只為成就一世英名」——黃道周。
因為易經之博大，像天地之沼澤
關鍵時刻可以坐化，或升天，我感到廖的鎮定，超然物外
我一天天理解他的「氣」
有過婚史的廖也有過詩歌史，他從他的詩歌出發抵達小說
但終歸善始善終
詩歌藏在衣櫃裡，總有一天會派上用場，譬如鞋子，譬如衣服
「姑娘，姑娘，你現在還有腰肢，你現在還有喉嚨。」
「你總有一天會完蛋。」
一個門檻，四十歲，或三十？門檻低得攔不住貓和狗
「姑娘，姑娘，過了四十你就完蛋！」
可是劉沒法改變自己的性別！

她把她所有的青春都扔在等待上
像一枚乾果，對著滿地的銅板撿撿拾拾，瞧，善良的人並沒有
得到好的報應
她把房子建在身上，一座移動的房子
到夜晚就關閉，呼吸勻稱，我沒有聽到她的抱怨，在她踢踢著
拖鞋在早晨六點半的旅館裡
這就是一個女人的驚醒！
一座房子的被迫關閉證明這個世界還有不盡人意
男人們操練呼吸，把性延長到一千八百歲
而不用豐富才幹
女人們卻已提前見到道德落日
「年輕女人塗脂抹粉像金蒼蠅嗡嗡叫。」——柯。
「我害怕你的殘酷。兔死狐悲，也因為我是其中一員。」——安。
我或許已見到我的衰老
我的劉，我的姐姐，有一些命定的元素還在繼續
我們沒法改變自己的性別

整個晚上莊（男）就等著迪斯可，把燈槍斃！「真好！」
和一群細胞瘋扭
或把禁錮擺在身體外，去聽聽靈魂的聲音，當我在電話中提供
風景，我是說我已把劇碼上演到高潮
整個過程再也找不到收尾了
風已從五月三十號謝幕，那只長長的風，還能找出其他的嗎？

你一輩子都是在打詩歌的天下。

一九九九——五——三十一，漳州

失語

星期天星期一之間可以是老虎、龍眼、新年
甚至，一個名字

一個名字，被鎖住，有三十歲的重量，或者一九九八年。
我問女兒：「把你送給誰好呢？」
女兒說：「給媽媽。」
夜晚脫下夏天，坐在椅子上。有人變成陽光的鼻屎
呵，睡眠，它翻來覆去，使卡車的隆隆聲有了藉口
我選擇以矛和盾開始

我先造出矛，再造一個盾，好使你自相矛盾
我讓你赴湯蹈火（湯：雞湯；火：慾火）。

不要「在」，時間不在，生活披頭兜臉把你抓到它面前
沉默需要計費

「健康被警告！」 聖保羅，一座腰肢收集所，我眩目於
那鼓點，那形體的極致
講話穿破耳膜，煙，直接與你的眼淚相勾結
失明，它的另一個解釋就是放縱。一輩子要怎樣
過成三輩子
安說，很簡單，愛一個人就是一輩子

但還是有人羞於談愛。
似乎蟑螂羞於在白天出籠，它們的小翅膀抓不住亮晃的條紋
直到冥星升起
夢像鬼一樣四處走動，並且尋找適宜的咽喉
於是你讓狀態和酒幫你說出那個字
零散的卡片，我回答女兒說，是佛洛德的鬍子

那個早晨有著甘草和慵懶的味道
我斜躺涼席，與女兒玩著東拉西扯的遊戲

生命靠一首詩傳宗接代，這是你的豔遇
我叫「你」，「你」就落地生根
一個人，靠一首詩得以證明，是悲哀，也是幸福
分手變本加厲
傳呼像慣性更豐富，和你的手機
漳州，漳州，我很可能就要背井離鄉

因為故鄉屬於遠方之人
站在「一」上，才能看到「二」，站到「二」上，才能
看到「三」……
我感到我的腦袋被綁住了！
對於繩子，你只能用繩子的方式去看待繩子

把故鄉當做情人的人
故鄉才能刻骨銘心

繼續，安。像尖叫，尖叫構成的身體，你還能再見到
它嗎？
「的士內的溫暖是安全的」
全部全部漂亮的士，八達網路城，康樂場……
它們都是鋪墊正如你喜歡的詞
我有了吞吃自己的念頭

脖子又在泛酸，盲人按摩依然保持一小時四十八元的比價
手是最直接的貨幣
它以肉體為衡量單位，寬窄不限，長短不拘
有如對讚美的照單全收
我眼看著自己一天天漂亮起來，忍不住對時間心懷感激

時間是我的親兄弟，我現在沒有
將來也不可能有對它的侵略
距離使我們完美，想想看，如果時間是我的愛人，或情人
它將被我糟蹋或把我糟蹋
我眼看著時間一天天把他們變老，忍不住對他們心懷憐憫

這是一個更深的恐懼
編號二二四的墳墓，它說，愛愛死，因為愛是毒品
在一首題為〈不真實〉的長詩中安如此寫道
「而且事實也是如此」，龐德說
「死亡的孤寂向我襲來」
它最終將把我淹沒，最後的也是最光榮的

明天，明天會有一個乾淨的開始，你迫不及待
妄圖制服詩螞蟻
星期天到星期一，之間是女兒的夜啼和咳嗽，稀疏的黃毛

粘得一綹一綹的
「我的女兒叫宇，我的女兒粗枝大葉
茁壯成長」
《詩刊》一九九八年十月號安的女兒醒在下午三點的微光裡

它是玉米的小窺視者，你的敵人？
動物般的女兒，我喜愛這樣稱謂幼小生命，我以此拒絕成人思想
有時我會聽到你的笑聲像個孩子
帶著淚水在電話那端
「你可以複印一千份，但要留下你的原件。」

安，安，我這樣叫著自己，和許多人異樣
你製造混亂而得到寬容
當鳥像棋子，交叉、排列，互為朋友，它們體現了一個人
最為廣大的愛
如同在詩中，得到無以倫比的報答

你在詩中，七個笨，後悔於賭氣喪失的初戀
彷彿一切都有所註定
雲為紫色方能彰顯神的神祕，我從不相信過去，每一個
嶄新日子都是脫胎換骨
它有和現在對稱的一面
時間堆積成山。你從時間中減去時間

——一九九九——七——十九，漳州。

黯陽天

1

風成噸成噸地批量生產，夜晚縮小在某座酒店裡
它抖著身子企圖把你當做外衣
而你也適時地給了它溫暖。

2

「全體的雨集合起來。」你第一次對雨感到興奮
無疑，雨有助於皮膚與皮膚的叫嚷
囂張之美迎合暗無天日。

3

花盆成排倒下，同一個方向的花盆同一個方向
倒下猶如孩子們的小腦袋瓜乖巧
齊整。回憶擁擠著，四處亂竄。

4

褐色與麻色在走廊上過家家，筷子做的稱有小刀
的刻度，有石頭的稱砣，有女孩子細細的竹枝手
靈魂三點八克有科學為證，有女孩子的爆米花搖晃在竹涼椅上。

5

我曾看見黎明的阿姨，長長黑髮像一把緬甸刀
她雪白的脖頸，雪白的脖頸！解北街八十八號。大碼頭。
那在溪邊賣鹹甜湯的是我的外婆，阿姨的媽媽。

6

我愛四果：空，氣，水，火。
我愛傳統的手工業者祕密調製的汽水——
快速地搖動，倒轉，直到發出「嘭」的一聲，我親眼見過
它的爆炸，陽光蹲在它上面
一地碎新娘。

7

然後是高顴骨的祖母，無財，卻有封建世家底之傲然
清晨她為自己備好一泡茶然後不徐不緩褪下想像的祖父
通向祖父的路還有多少年？
還有多少個祖父要進入祖母的想像？

8

她殘餘的美居住在逼仄臺階的小樓狀如一盒發縮的餅乾
香煙製品的祖母，我在床邊陰暗角落偷吸一口陰暗提前死去
我匆匆趕回祖母下塌的棺材旁檀香像祖母堅決不說的臨終遺言
一座紙房子，彩電和僕役抬著轎把祖母送往烏有之鄉

9

「擔粗，擔粗！」我們怪叫著——
撲鼻腥臭被手推車遠遠運了過去但一定要經過家門
一定要驚動我們這些少小不識愁滋味的小人兒。

10

奴才婆九十高齡依然眼不花耳不聾
她絮絮叨叨——
她絮絮叨叨為搶佔子孫陽壽而感到愧慚。

11

月亮瓦解了夜晚和山頭的密會
技藝高超的月亮帶給父親三個大窟窿以至我緩緩地
從他的自行車上摔下——
白布遮天，比薩斜塔倒了
它和兩個鐵球同時著地！

12

奴才婆終於摔倒了，手杖壓在身底下
呻吟跑到半空中
呻吟像鳴鑼收兵的鑼把五個兒子一一招回。

13

「有女同居，不亦樂乎？」
「知之為不知，不亦君子乎？」

14

幽靈的咖啡屋誰是我的好對手
風直接吹動我的長髮，掀開它
根根斷裂，唯一是語言之發生生不息
故事就是從這裡開始的……

15

文火慢慢，集中在品質毫無保證的詩歌加工廠
我們約定先下手為強
川端康成：諾貝爾文學獎獲得者也是自殺症患者
顧城：一代人的黑眼睛最終看到了自己的斧頭和繩索和死
揉皺三顆時間
誰搶到無，誰搶到有，都是一場惡作劇
「自設賭局必輸局。」

16

閃爍的笑容斷斷續續藏起咯吱窩
只要生活還在紫山群島搗鬼
你就有表達的衝動。

父親又在念著兒歌：
「壁虎壁虎，牆上爬爬。」

17

而中藥依然煎熬在孔雀之火上，涅磐不易
長安亦居之不易，賈島問韓愈：
汝懂推敲之術乎？
可曾見我胯下之驢之來世乎？

18

一個和尚藏在深山裡
兩個和尚抬水過來
三個和尚？
——「三道地獄！」薩特對波伏娃指證。

19

主婦們鍾愛沙特，其《存在與虛無》恰好填補戰時秤砣之不足。

20

這一片陌生的光陰剛好夠我右手享用，

你苦心的勸慰，事實上你並不知我恐懼什麼。

一九九九——七——二十三，漳州。

甜卡車[四]

甜卡車易於興奮的大腦如今在我手上
它由詩與咖啡構成
甜卡車：從牆壁到床板我熟悉它
夜晚的氣味模擬受傷害的表情
但小偷會把病偷走，我感到木製座椅的姿勢像張開的毛孔
一眨一眨的
我說，這地方我來過，那搖扇還在
頭髮還在頭上
爭吵為某月某日打了一個響亮的巴掌

[四] 甜卡車是漳州一家頗具瘋狂氣味的咖啡屋，由詩人道輝創辦，一段時間以來是漳州詩人的聚居地，後轉讓康城經營。二〇〇〇年關閉。世紀初康城創辦的「甜卡車論壇」（後更名為「第三說論壇」）頗具影響，歷任版主：康城、安琪、燕窩、唐興玲、辛泊平、冰兒。

嘿，甜卡車，誰睡了誰就被開走，螞蟻咬碎的空氣
每一口都是讖語
你寫下甜卡車六字真言，燭火藥液，在水上
一天挑釁似地尤其瘋狂
它繼續著愛與迷戀的幻想，把夢倒掛到風的枝頭
就這樣，甜卡車，我們不用時間
沒有壓力，沒有可以複製的任一個體
血液做成的麵包每一片都是新的
每一片，都能使光落實到腳下，而封閉，變成「肉罐」
多麼可怖的願望！
我曾在早間八點的甜卡車醒來，那嘔吐過的呢喃還在
星星還在肚裡絞痛
天低得像食物，於是我讓昨夜的尖叫為我烹炒一首好詩
生命像被強力注入神智
場景的出場不以人的意志為轉移，這也是真的
我想到甜卡車，彷彿全身細胞都會吸附靈感和暴性

事實湧動著，每一瞬情調交換紙頁的空白
死亡在此誕生但不會帶給我們任何凶相
它是柔美的，愛護著詩和卡車和咖啡，產生沉靜之息
偶爾是被破玻璃割成四分五裂
一個句號一個句號地出售，丈量，它說，腰以下
一切減免，我所要的新鮮都有了
護士的小白帽，愛美女神不騙你，土地和師傅不騙你
你捕捉毒藥像捕捉老鼠和它的家
你與夜晚爭奪天使，想像你也是天國一員，塵埃浮動
石膏貼在假蟲身上
夜晚是甜卡車的，就是它，從一個詞到一個詞
慢慢召集花草的幽魂
屈原的離騷，李白的酒，龐德的比薩監獄……
多麼廣闊的夜晚，甜卡車，集中起來，我遇見全世界的詩人
團結、緊張、嚴肅、活潑
全世界的詩人聚集到甜卡車，這也是我的現實

我們的現實！
我實際是比木棉還精彩，得到無限誇大的壯舉，沉醉和鳥
得到詩歌實驗室
它的意義生育理想，再慢慢分送，該有的都有了
時間永不變質，它塞給你頹廢零件再慢慢裝置
該有的都有的
一塊小小夢想在增值，露出欣欣向榮的粒子元素
八月，精神基於如下喜悅，詩歌之書被整理，成為燦爛寓言
昏暗後退，我彷彿是回到一個不同凡響的夏夜

一九九九——七——二十七，漳州。

甜卡車筆記

無數相愛靈魂躺在甜卡車幽暗的胸脯上
它們抽出喘息
夜的猩紅骨頭蒸蒸日上，噢，甜卡車，使幻覺和失意不斷
繁衍

灰塵和麵影：縣後路，水泥地迅速衰老。
那原木的紋裡擺放成詩人的棺材
腦液流出時間
無法辨別的真偽圍成一群，錯誤在死亡空白紙頁上
當我在夾板中醒來
頭髮步行而出，斑駁的桌面燭光與清涼相融
必須貼近牆壁才能看到操勞者的膽汁和暴力
鮮血抖動著

沾滿淩晨失眠的炎症，眼珠還在
母體掛上些微白風，「我請求
雨……雨是悲歡離合」
作為一種嘗試海子阻礙了鐵軌的發展

總共有十一套座椅誕生遺囑
我響應著它們的號召，堆積的等待僅十七元就能把它們包下
咖啡和檸檬和……的身體
慢慢地移開晾衣繩
卷皺的想法像女巫低低飛翔
水又快又猛
地毯和櫃檯從地底下浮起
一天就這樣打發出去
我談論夢境和虛無
我向夢境和虛無打聽地底下人們的消息
有關祖父和更遠的祖父的祖父減弱了生者的歡娛

臨近彎曲的手術刀，它的宴會以心臟為主
那醫院已建好太平間
耶穌基督，願每一個無聲無嗅的日子得以安息

燈一個個熄滅
門把手尚未裝好，陽光傾斜在鐵制鑰匙上
模仿初吻之慌張
八月，甜卡車，搖晃不寧
九月有漸漸放寬的身子
十月，我不再對著日頭落淚，寂靜的甜卡車靜如憂傷
萬物像雕塑陷入沉思
弧形蟑螂舞蹈在高腳杯裡至少有咳嗽那麼久
我一起身就撞上枯萎
「十二月埋葬在十一月之中。」

與此相對的是我。
抒情記事的天真案件。
像唇槍舌劍的某刻，搬動長椅砸向空氣，比喻有三層
一個好的比喻足以使拿破崙流傳下去
你是我的破綻
你是我的比喻
因為第三者已不在場，時間掀起座座小山，山與山，之間
我看到老鼠的晚餐
天地之間，我看到肥胖的月亮突然不見
矮小的摩托車蹣跚學步
當思緒隨摩托晃動，我目送它彷彿唱起挽歌
無名的倦怠深深湧起
像風，葬在火葬場

而其實是不在場的狀態決定甜卡車。

詩歌啊，我頂禮膜拜，以手加手
一切源自被背叛的現實
偶爾是意志和信念的全面崩潰，停下虧空的砝碼，或撲倒在
趙公元帥腳下。
恍惚是喧囂在交換無謂的犧牲
奇跡像極端沒落時代的美人在附近閒踱
「把它的讚賞剁掉
把它的春天剁掉。」
離開甜卡車我帶著一架空調
離開甜卡車我幹嘛驚恐地流淚
小工和自己，愛戴就是把漳州挖起
製成包裹徹夜潛逃
離開甜卡車後世時光護著在我的籠子上
漂流，漂流，屬雞的飛上九重天
霧可以當作食物
一個可以當靠山的人愛我依舊

如苗助長，向上多麼有益
一間可以當遺產的屋子
思索著落在身後：
克里姆林宮，白宮，冬宮……
小蟲名叫安琪，小狗名叫
克林頓
G又在筆會上為萊溫斯基建了一座墳
方圓百里的村莊，我就帶著詩歌回家
革命者的浪漫遊戲保持同樣的殺頭關係，刑場上的婚禮
還　舉　行　嗎？

三月，蒼蠅繞了一圈作為一種印記回來了
甜卡車正常解散
放棄的欲望從某某書社就開始了，這是報應
我指的是某種不可思議的東西

難以覺察的荒蕪，由一個動作生出另一個動作，時間走得很快
幽暗的甜卡車脫下翅膀遁入天堂
——

一九九九——十——二十七，漳州。

加速度

1　黑蝙蝠

二月十一日像一個恍惚的世界
外婆病了，半身麻木，她想活，成天
顫巍巍在老外公的扶持下，手臂按摩一百下
腳捶打一百下
繞著狹小的兩間半屋子左轉百圈
右轉百圈。
我的小弟，年僅十八，有一次愛上一個
小妓女，「寤寐思服」
那時陽光很好，海關大廈三十層樓沒有蓋
我的小弟高高地，高高地，飛下

一隻黑蝙蝠！
生命總像石頭經不起粉碎
血卻是溫的，化開，一朵醜惡的花。如果
一個人是醜石的一個細胞
消失了，像一場唾液的愛情，坐在
倒栽的洋蔥裡
久久地，拒絕茶葉的清洗，肥胖，蹣跚學步
我要做誰溫馴絕望的女兒？

2　蚯蚓

汽車穿過隧道——飛鸞嶺。盤陀嶺。鵝髻嶺。
山劈開的骨頭
一條盲腸的眼：猙獰，凸現，可以預想
你站上去變成夜晚的暗影
輕輕噓氣，弄假成真，跳躍，隱約

說我想你，怎麼辦呢？
說世界上只存在一條蚯蚓
矮小的不聽話的蚯蚓，我吻吻它，好使它
茁壯成長
一切都是不真實！
老夥計的臉夾死三隻蒼蠅，小朋友，來
提高一點，再來
逃亡和歷險寫出四百行詩
生命分割到老外婆身上是小弟的幽靈之息
十八歲，死亡的花骨朵
「屍體縮小在一隻小戒指上」*五
「18寸的棺材，一年一寸」*

五 文中「*」為引用詩句。

3 鏡子看得見

愛招引一輛桑塔納和紅色計程車相撞？
海岸線聽得見雞叫，隔壁有人刷牙洗臉，準備睡覺。
時間製造事件，滴滴作響
當你良心發現
在華峰賓館曖昧的鐵芬蘭味裡
櫥窗一字排開
被子星星點點，洗手間消滅撕碎的動作
鏡子看得見這一切！
長髮疲憊不堪，癱軟在咖啡色的木地板上
我的老外婆東轉百圈，西轉百圈
她想活！
她的欲望超過上升的熱氣球

她的欲望要爆炸？
小弟累了，他想死，他飛翔，然後變成
一隻黑蝙蝠
黑色的尖利的叫喊。

4　別哭，親愛的

親愛的，聽我朗讀一首詩好嗎？
童年記憶停在強暴的三分鐘裡
那時阿珍是個白皮膚的小姑娘，大眼睛
一閃一閃的
童年就是這樣開始的
躺下，聽話，我們玩個遊戲，這是什麼
你的哥哥
現在，它要吃飯了
水，水，加上一點刀子的切入，狠狠地

別哭
親愛的，別哭
你就要長大，但不是現在
新鮮的小白菜的氣息
嫩嫩，脆脆，新鮮的初生的太陽
我們都是早晨八九點鐘的太陽
希望寄託在我們身上？

5　宏

有時我回頭
看見一個六歲半的女孩，和妹妹一起
舉著傘，因為窮
她希望妹妹生病，她希望一個人躲在傘下
孤獨的豐滿的傘下
「閃開，閃開，卡車來了……」

我的鄰居宏無聲無息縮在車輪下
（「願我的小車輪把我的愛人帶回來」）*
然後攤開
整整三天，我都夢見他揪著我的小辮子
「老師，宏又欺負我了」
眼淚，從課桌三流到課桌四
可是一學期還很漫長啊
可是宏再也不揪我的小辮子了！
我頭痛，腦子空空，我的辮子太輕了需要
宏的手。我不要卡車
不要死不要臉的卡車
不要髒話連篇。

6 妹妹自顧自……

我開始做夢，變形，像內心一樣細密神奇
昨天媽媽說小田叔叔的老婆瘋了
（那個馬臉突眼的阿姨？）
神祕兮兮說對不起，你的命裡有鬼
（伊沙說我的命裡沒有鬼）
給你針給你桶給你凱撒一籮筐
你的命裡需要我。
妹妹東張西望
拒絕再嫁
她買了一套房子，在特區，她像個白領
渾身發亮
如果她老了，像可憐的老外婆
如果她不幸半身麻木像可憐的老外婆

她沒有人捶背摸腿
她咳嗽，流涎，頭髮飛散，在晚風中蒼老
我的妹妹
她自顧自的呆坐在晚風中的門檻上……

7 初戀

啊，電腦吱吱像傻子
夜晚滿嘴胡謅
世界在天外，新春將至，「人群像從地底
下冒出來……」*
記憶亂七八糟，遭報應，顛倒，兩年就
趕上火車
我曾在一九八六年送過初戀同學到北京
黑大衣服塞在箱裡
他們說北方很冷，空氣都要結冰

風可以裝在瓶子裡等它凝固
我的初戀同學深深的眼眶眯縫著，容不得沙子
火車開動，他的手留了下來
一遍一遍地
當我想他，我用他的手安慰自己
來自北京的信件令人生疼
初戀的肥皂劇適宜於長沙發和寡婦門前的是非
在產房，我痛叫我不生了。

8 小動物

那時我已結婚
我的女兒從晚上十一點到第二天下午二點一直
呆在我肚裡
生育是多麼痛慢的事！
「醫生，行行好，給我一刀吧……」

我想死，弟弟，別走，等等我……
黑蝙蝠，飛高，碎成一片片，黑色風，一片片
生命是紅色的
一直落到醫生的白手套上
生命是紅色的
滑溜，破門而出，來，吃吃龍眼，紅糖
高麗（但不能太多）
來，擦擦蒼白的臉，生命是紅色的
你要高興
看看，這是你，一個你，這是血液和你自己
生命可以從頭再來
「我要看看它，我的小動物……」
我的，小動物
小腿踢蹬，眼睛清澈得像所有的小動物
來，這是我的小動物，我們的
來，我們的小動物

聽話，媽媽愛你
乳頭愛你
心臟愛你，電話愛你，家愛你，奶瓶愛你
見風就長我的小動物
「讀書，鞋子，膨嚓嚓，牛奶米糊，回家」
魚——哎——兒——
坐汽車，爸爸抱，媽媽我想你，「我也想你」
乖不乖？「乖」
壞不壞？「壞」
壞就要打屁股好不好？「不好」
抓媽媽，身子撲過來，壞媽媽一閃，我的
魚兒一頭撞在床沿上
天塌下來了，眼角流血了，怎麼辦
媽媽再也不看書了，就看著你
就看著你！
搖啊搖，搖到外婆橋。哥哥走，我也走

我和哥哥手拉手……
生命是紅色的
哇哇墜地，不真實。生命簡單到只是瞬間結合？

9　命有定數

我的朋友姓宋
一九八九年他結婚，新娘嫵媚，十年了
生命總不落地生根
他，她，上上海，下廣州，左弄右弄
生命複雜得像什麼（我不知道）
我看到他們在急速衰老
死亡加緊搶佔地盤，如果生命不及時補充
死亡總是要捷足先得的
人生短暫，有些事你很難說清
譬如現在，蚊子撩起長腿，文字卻像斷臂天使

你寫出一行
世界就少一行
命都是有定數的。世間萬事均是如此
孔子說，逝者如斯乎
時間像個天真的孩子，不舍晝夜
你在西半球打個哈欠
東半球就長了一鼇米
喉嚨總是堵塞，你猶豫著是否要用晶片通理
光懸而未決
一個人泛青臉上欲哭無淚

10　雞犬不寧

詩給你按摩，有一天我醒了，月光變成
大乳房
天空是一條線落在蘋果的蟲眼裡

直直走，就能看見螞蟻和女神賽跑，邪惡瞬間
細胞都張開了
你還要什麼？那天半夜，你按捺不住撥通電話
世界發起神經
雞犬不寧
清晨，風躡手躡腳，它的偏頭痛又犯了
它騎上摩托車
在陰溝的陰裡翻滾呻吟
詩和非詩總是不同！
我時常呆呆地羨慕幻景，那時我還小
妹妹就長到黃昏的第五根手指
我們哭著，別打了別打了，爸爸求求你，媽媽
媽媽……媽媽瘋了！
要高考了，蜂窩煤少一顆，媽媽，妹妹要高考了
別罵了，求求你，別罵了
（一顆蜂窩煤勝過妹妹的前途？）

但是媽媽瘋了
從下午五點，空氣籠罩著不祥的徵兆，憤怒幾乎
使我咬碎心臟
天啊，我們的命！
妹妹，就這樣吧，該什麼是什麼。
爸爸總不回來
他的家在小姐身上。他醉了
（我從未看過他清醒）
他說，遺傳是多麼可怕，譬如你母親
譬如你母舅公
哦，天啊，願上帝保佑妹妹，使她的純潔
不致發瘋

11　安魂曲

我寫詩，作亂，借機行事，來，伸過你的煙
好兄弟
和火焰接個吻
你從遠方來，袖子沾滿塵埃。塵埃總是比飛翔更為
可貴：低迷，透徹……
有時我總想把情人們集中起來
時間將把他們珍藏
像製造木乃伊——風乾，上蠟，捆綁
筆直地，放進性液的玻璃門
你好，墓群
酒是個好東西，順著夜的脊樑骨
唱起歡愛的安魂曲
靈魂打點行程

這個隔開天和空的格子！
名叫「天真」（也叫「蜘蛛」）
這個閃爍的屈辱的初戀，我說出它，我並且
要把它生吞活剝
Z，上帝罰你，你坐在那兒像十噸菜葉
你還跳舞嗎
除了長肉，你還長什麼？
一九九一，一隻醜小鴨經歷生命最暗淡的時辰
她就要成神
憤怒使她成倍膨脹，血液活了
器官活了
一個人終於張開全部自己！

12　文字漆黑

老外婆，愛護你的外孫女吧，她的刀子已架在
脖頸上
心正在轉化，不是肉，心再也不是肉了
詩歌會照護這一切的！
鞭炮炸光，咖啡趔趄著，流浪者大年三十自我
解決（別緊張，他不會死）
他快樂得在漆黑的文字裡摸索
對他的眼睛文字是最好的食物
青島是一座矮房子？
他說，漳州令人難忘，第一次，隻身南下
與新婚的妻子囫圇吞棗
留下根，然後願意讓空氣把他消化
詩人都是敏感的

當你想入非非，突然覺得一個人就是你的
一生，你還要什麼現實呢？
你像小豬一樣長大
助人為樂，心懷慘酷，把姐姐當作末世的戀人
你還要什麼樣的詩句呢！
你打來電話，說生命太短，等你太長
羞澀的笑頭髮般披散下來
那時你剛洗了頭
鬆軟的青春的體態蕩漾在下午的情調酒吧
我有些怔住
很多事不是一句話可以說清的

13 加速度

三十歲了，時間在加速，高速公路上一輛吉普急速
撞上三個血氣小夥

肉體就在肉體的製造物中破碎
如果我製造了你，用我的詩，這是否就是報答
六元麵線是情人節夜晚的禮物
加上冰糖氣球
加上耳垂（它不豐滿）
和下定決心的出走和回來……
愛情是沒有時間的
當你累了，歪躺在海風鹹味的長床上，你
肌膚的床闖進多少溫存的手
石頭開花，詩歌說話
「風起於青萍之末」＊
恰如傳呼抖動，時間毫無所知……

一九九九——十二——三十，漳州。

九龍江

又有一個孩子被水蛇拿去做媳婦　或
　　　　　　　　　　　　當肚兜。

黃昏沒有尺規
寧靜哀傷的表面，夕陽像富士山有渾圓的造型
大乳房菊花：
　　　　兩小時前交付漩渦
　　　　　那沙正好埋到她腦部
圍觀者都是語言的化身。
空氣恍惚給了修改日月的神
這需要取決於垂柳　禿頂的垂柳剛剛把眼鏡放在岩石上
草地爬過死亡和它的笑影

一九六九年，似乎二月也像一具骷髏復活在
二十四日。
祭拜天公的時辰
那轟響的鞭炮將帶來升騰的亡靈
到一座意義不明的船舍
　手鏈僅為綠色綠色的疊加
　　當猛獁抹盡新經濟戰爭的遺跡　事實也是
雙翼蝙蝠掏空爛掉假牙
玩火者遮蓋油膩生活
一頭蠢笨蚊蚋尚未吸幹市長辦公電話機密
　　　車輪變作擋臂螳螂
　　文字脅迫睡眠起床
　　照見月光百孔千瘡
穿白衣的硬幣據此認定自己無罪
茫茫無盡頭
而晾樹的九龍江從北到西匯合於我故鄉石碼
面孔由橋構成

（茅以升曾在〈中國石拱橋〉提及此）
老虎渡灘，投之以七頭豬　三隻羊　童男童女兩對。
飢餓像春天散發芬芳
只是一枚烏有國家
耽於理想主義的血和肉
　　　有信念站成雨花臺
　　　群雕威嚴　聽不見機槍陣陣
　　　　　　　　聽得見滑稽模擬的姿勢
它被沿街而上的屍體堆積　腳忘在那裡
至今仍然臨近插指竹簽
能在獄中繡紅旗　唱支山歌給黨
腥風撲辣辣
革命前夕的革命　推倒陽臺盆景　預告
一個嶄新中國紀念碑

廣場抑或也是裂縫的象徵
怨恨史無前例　歐陽江河走過　看見
一個無人倒下的地方
我們的花圈似有淚水夾雜墨水狂書
豺狼們決不啃食自己的骨頭
剩下的吶喊　由魯迅先生完成　早上的花早已枯萎
到晚上就丟在垃圾箱
五十只螞蟻節節勝利
一片呼天搶地
旗幟瘋狂撤退　舉行過鋼琴音樂會也舉行過閱兵慶典
黃河　黃河
我母親九龍江安息在你懷裡？

綿想的幽暗出入求歡的包廂
正午操練在魁梧的呻吟
寒冷一隅　繁殖魚和痛苦　世界大棋盤　筋絡轉移

它們能夠說出平原埋藏古道
死亡的交城挖出十三個民族的祕密
絲綢之路啊！
　衛青　霍去病　李廣利　誰先誰後？
而司馬遷差不多要等到閹割時才確認一生志向
燕子低低飛翔
頭上開滿野霧　僵硬的村莊繼續隨風轉
它們毫無責任放棄摘掉頭上的帽子
貧窮漲破我祖母的禱告
有發黑的陽光躍上牆沿

到一滴汪洋裡去！
到一個語法障礙裡去！
還好，幼小的馬鞍已經顯出十足的沉寂
時間圍著沙漏即是芝麻對著阿裡巴巴喃喃著「開門」
同事們搬弄是非

眼角長出腳丫
　果皮像一堆爛攤子織滿畜生
　　牡丹在洛陽砸了鍋

從來沒有一條鐵制的小道消息拉走流星
災難會按比例分配？
光的熱牌子許諾空標頭檔
它層層展示被虐待的齒痕　一下子腫脹起來
當萵菜和蘿蔔用礦泉壺洗澡
九龍江水嘩嘩地淌了一地
這赤身裸體的傢伙可不是拿破崙或巴爾扎克？！
——預定的大詩患了殘疾症
戰爭就差一本白皮書了

金瓦礫　心靈局外作案　自然的紙桶
審閱一份叫做「蘇軾」的病歷
石碼暗中種下一個人的名字

我居住的小城不一樣
　　大碼頭外號烏鴉
　　阿蓮用楊桃湯養活一家九口人
　像頹廢的昨天一屁股蹲坐在躺椅上
我跟著落下淚：變形的外婆可不是深淵中的蜻蜓？
至少還有笸籮的收成被繳卸歸風
滿足的舞臺　和灰塵一道　分布到葡萄作亂的勞力
掃帚其實也向女巫收取零花錢
閻王殿裡　東方快車謀殺案正在審判　紅玻璃塗抹到
　　杯子的砸壞上
二道販子名「安」
陷入封存多年的密罐中，漂浮不止
它也不想要這虛張的手套了
憑著翩翩的鵝腿鑄模起誓
古希臘不在，古巴比倫不在，古埃及不在

一脈像古中國的血統
模擬成女媧　盤古　神龍氏　造字倉頡　或竟是無中生有
試圖崛起於被干擾
　今天　朋友們聚集起來玩起死亡遊戲
　寫下〈矮於人和房子的語言〉：道輝。
　　〈空氣在午後休息〉：康城。
公共財產的界定到法庭上演　國家在水土中流失了
嘿，已發生和未發生的
福建漳州「九龍江」黏糊糊的唾液　水蛇渴了
成批成批釘子跪在它面前
城市毀於第幾次重建
　　醒來時一隻長嘴蟑螂發表就職演說
如同勸告以及燒焦的艦隊
急救傷患架上不可預見的發行卡片
亞洲，頭頭腦腦們以恐怖為業，撐起「文明」的灰雲
自然學家論證——

此地不宜久留
不宜問關於自由的騙局
（如何轉換成貨幣？或強權？）

橄欖枝飛出鴿子之口
天堂栽落到三閭大夫的粽子邊　適時的沉沒……
龍眼搬運風始為剝削的起點
父親又在告急了
他吹噓自己對於一個女人恰如
對於一把欄杆那樣拍打
使之：瘋狂，松針那般尖銳，快感
當五隊小乳兔雀躍著跑過漢子
珍珠港事件爆發了！
篷帳裡可見它們擠成麵包的叫喊
從三月，到五月，私心雜念有增無減
青春詩會交給祖師公安排

駁卦的怯懦逃離現場
　　二〇〇〇年蜂擁而至廣州，這是我的鄰居
「沒有」和「有」一樣
他們靠著詩歌取暖，個性融為一體無法體現極端和
　　　　　　　　　　　　　　　　　　敏感。
孤獨的終將孤獨，拔頭髮升地
在僻靜的閩南公寓自設規模宏大的詩劇
「我們有最好的靈魂
如今在不朽的詩裡。」

二〇〇〇——三——十一，漳州。

泉州記

風來得匆忙——
木偶和它的主人愛憐的表情，夜晚像一壺好茶
淒厲卻抓不住辮子

一百零八塊花崗岩拼湊的戚繼光神像
崇武以南以北，我的力量太小了，五千年s看西安
一千年看泉州
乘天照應，古城經風雨而不毀，環鎮而行，長二千五百里
果然大背景，魚蝦長在石頭上
領軍人物為泡沫
有所憑依的想像，加上自然撫摸器，虛張聲勢的眼睛
我不一定要都講真話
但我可以不說假話。

土腔土調的顴骨形成合力，拒絕互相恭維
時代的前瞻性從何說起
地域無法設想，文化傳乘出家當了和尚

「萬古是非渾短夢，一句彌陀作大舟。」
遺墨：弘一法師「悲欣交集」，塔分兩處，以致生死
刺桐喇喇無相可得
禪扉虛扣為高境界，一行人在此光風霽月，感到眼手身通
他山之石自淨己心
清源有濁流，老君悠然之。
占卜，投硬幣於遠方，陰陽相嵌暗示一種預兆
鄉土五彩繽紛，連咳嗽都記下了

這座城市是一個民族的大雜燴
彷彿整個世界都在它懷裡。
昏暗慢慢呼吸起來，漸至明朗，十年前我見過它

彷彿不是在福建，今天它陌生化的寬廣
快速地流過形式
停頓，大氣，有極度自信的胸膛
合攏了是太極基督伊斯朗
沒有那麼多心理障礙，「潘趣玩偶」劇團：高鼻梁
模擬小丑聲響，東奔西跑，場景由一個人完成
我看到一個個木偶倒下，然後死亡開始行動
敲擊頭顱，轟堂大笑
絞刑架只有一次，其作用比擬發展，幽默是一致的
這些都是英國高個老頭和他的表演風度。
開台儀式則由臺灣小西園木偶劇團奉獻
燃香，緊鑼密鼓，白衣黑褲，腰紮紅綢帶，步伐
按板踴踏，右，點三點，邁；左，點三點，邁
手執符咒，望空劃圈
一個圓，再一個圓，然後是一條圓
連曲線，塗抹，瘋狂狀態，屏息，提胳膊，喊著「嘿」

鞠躬禮拜
分發糖果，嘗好運氣，臺灣小西園就此開演！

同一瞬間我聽到諾貝爾文學獎頒獎訊息
（法籍華人高行健：一個前衛劇作家也是車站工作者）
同一瞬間大江健三郎經由周明之口說出：
「我母親與郁達夫有不一樣的關係，
我甚至懷疑我身上有中國血統。」
多麼漂亮的巧合，諾貝爾，為你的二十一世紀乾杯！
為中國終於有自己的獲獎者抗議
因為文學是人學，也是政治學，也是憤怒的民族學
我在同一瞬間進入的興奮不是真的

四個地市（泉州、廈門、漳州、龍岩）集中的機會不多
不容易，個體寫作者直達列車
也許會有更大的碰撞

分割出去的州府愉快地要求回歸，西變南
該關的門還是要關
廢話已到了忍無可忍的時期，捲曲的鼻音塗上大口紅
能有一個鬆散的聯盟就不錯了
問題出在哪裡：沒有實招或真招，交流在一段時間體現了
經濟與經濟的較量
誰跟誰都要比
沒有機場我們自己建，省略早上四點
沒有標準我們自己定
使閩南像一把剪刀，充分發射，探水入壺

每一行我都盯著，我不悲觀
不會騎車就扛車，規範的結構不是我們的專長
道路一頭栽下去
探索的廟宇建在惠女的虔誠上，二十七名解放軍的獻身
在朝拜中成為神

有葉飛題詞：「為民犧牲，死的光榮。」
音樂是自己譜寫，重複播放
不敢亮出祕密就任其腐爛
紅，綠，烏龍，茶分三類，音為南音
優雅的微笑對誰都一樣不在意
臺上台下一個人生
只要感覺不雷同，就不要問為何出家。

琵琶如同飛天橫握
翅膀像安琪兒一樣展開，中西方融合自簷間展出
局部放大並且自成風範
地方戲教材從小學開始，這是一流的鑑賞者的決策
「我死了就用《梅花》陪葬！」
舉重若輕是一種姿態
心理沒障礙，灰塵也就無法把一些東西破壞

古舊的街道鋪設齊整，木門，板條
船像一座博物館
東西塔又名生死塔，世俗的美做好基礎工作
我從來對自己寄予大絕望和大希望
偉大的城市，世界在它身上跑不動。

二〇〇〇——十——十五，漳州。

東山記[六]

1　引

頭痛遠遠跑在頭的前面。

2　澳角

那依然荒涼的地方，引水渠搭在半空
陽光石頭化，風石頭化
水被鹽包圍，繫在八尺門內，浮橋般的土樓
缺了三分之一臉

六　東山縣簡稱陵島。因主島形似蝴蝶亦稱蝶島，是福建省第二大島。隸屬於福建省漳州市。

我是否曾經悄無聲息停下
如同誇張的疲倦抹了一車昏暗，兼以新編現代
歌仔戲《王寶釧》。

草順風長，一群腥澀的感覺及其接二連三的記憶
我和它搬弄指紋
澳角：海凝固成洋馬路，土堤隨之更換
「我把過去收藏在哪裡？」
微型攝像機遊移不定：「窄巷像一個老人的髮髻，
參與若干時代的跌落。」
負責保障，也負責魚們一雙雙油汙的眼。
當樓房次第排列
八大將軍將看不到虎嶼
而我也譬如從腦中挖走一座雕塑
日式轎車完全靠血汗駕駛
「從前屬於夢想的，如今就在屁股底下。」

3　歷史，谷文昌

木麻黃，或者相當於一個人的名氏
沙礫似的谷文昌成為象徵
他們為之景仰的死亡深入土地然後走出土地
河南林縣，一個飽經風霜的音符
他說，他是東山的兒子
他認識每一波溫暖或寒冷的海浪
在那貧困的恐怖裡
他要首先嘗試生命的白襯衣、綠軍帽和信念
追求物質用精神的手段
最後自己成為精神。甚至，神。

4　歷史，黃道周

莊嚴的教育從明朝開始
科學、哲學與書法，統統稱為「愛國主義，民族英雄」。
石齋故里
沒有人懷疑它的真實
人流之中，黃道周越過塵埃朗照，寫出他最好的詩和書
天地盤不在身邊
星象卻在體內
不可磨滅的還有關王典故
廟宇經典，一支支分流到海峽彼岸，奉為「始祖」
出海的人歲歲平安！
香燒得再勤點，占卜聲、祈禱聲，聽得見靈魂
穿過一代又一代
虔誠跟隨你，為的是創造一個信仰的戰役

誰都無法肯定歷史將記住何人
為此費盡心機是得到山西夫子的哂笑還是保佑？
我看見風中石頭動了一下
有佛答曰：心動。

5　石頭記

還有突然斷裂的巨響
西元一九九二年五月十九日，下午十四時四十三分，青龍騰空
裂縫一樣的青龍
可能與圍觀的激奮構成謎，或一道殘疾人的晚餐
我不知道拋棄什麼！
拆卸的台柱被認證為有意味的背景
隱沒於三角梅和亮起的鏡頭間
「來，再抬一抬，就是高貴的培養，三代貧農也能
出產挺拔的腰肢。」

城牆只到他們小腿，此城牆戚繼光曾策馬揚鞭
此城牆高於倭寇的影子！
鐵艦、鐵索，狠狠地，拉、拽，卑鄙的心理
沒能到達石頭的毫毛
有一些傳說滋補了東山的屋頂

6 詩人記

地瓜粥，嫩蘆筍，好風好水
「端上來」
刻骨的詩意記錄下舒婷的泳裝、顧城的方桶帽
沙灘像摔過跤的傅天琳
魚兒像楊牧
陳所巨在紙上添置文字說明
關於人性我所知甚少，所做太多。
不斷更新的詩歌版圖，在第三代的陰影裡

把針倒磨成鐵杵
我看見中間代和七十後在一起彷彿汩汩的傷口
尚未結疤，應該繼續什麼？
天才和金子不怕埋沒，蠢才就不成
我傾聽詩歌和東山海島的聲音像呼吸思想
慢慢梳理出時間和時間並不公正的命運
「我要你，帶著鮮血運動，
使疾病把抽象的安慰變成現實。」
彼此之間是越來越緊的恐怖
燈盞赤裸著，從不計較折射的光斑是否平整。

7　陰陽記

有二陰六陽，各懷痛楚
有雙輪池並打火器械，酒氣互相對話，喧鬧
杯子回歸杯子的祖國

眼淚離開眼淚的故鄉
你會發現，任性是多麼愉快的事，一間碎玻璃的世界
「從室內搬到室外。」
粘連的肌膚成了怨恨接待站
他們失去知覺，或者如同行為主義者的集體狂歡
又一次在嘔吐中改變心事
手在鑑別，一反一正，語言開啟通行證
這長著死亡面孔的場合，名為「永遠」，和「新」
獨立了，獨立了就再也不害怕！
貝殼不可翻，船像仁慈的愛人挑出刺
由此趨向罪惡的指責

8　秘道

路說：分開黑暗，直立行走。
岸短了。

沿途所欲望的捏著骨肉都咬牙了。
他們不像伴侶像斜塔。
感覺多麼準確，鑽進熱被窩，被施了魔法，著了道。
海蟑螂揭開天靈蓋，狀如哭泣的紅：消瘦，無可退避。
車暈了，窟窿有時足以安置情緒。
咳嗽增加一個人的感慨度。
小女孩笑得笑容重疊在一起，一家三口的器官。
對聯是自擬的，比喻深淵境界。
愛情的人。
話題從上到下逐一撫摸，有些事令人傷感。
有些則顯得可憐。
老臉皮對老臉皮無需遮掩，新房子對新房子有個交代。
凌晨三點，他們在睡眠裡放蕩。
一浪高過一浪。

9 有村名寡婦

銅缽成村，寡婦為名
無數幕悲喜劇在開演，四十年足以造就三代白髮
碗筷虛置一副，相逢時雙膝若抬不動的淚水
舊人和新人
她們不以尊卑對待，相互間攙扶起一個海峽的難產
一個人死去了
——屍體在死去的地方浮起——一個人驅使想念
召集薄棺材建成紀念館
淒厲的身體逐漸發炎
等不及時就供奉眼和耳
就餵養夜晚的一隻鞋，為他生兒育女
拖船一般活著。

10 結

習俗寵幸不到的細節，魚不可轉邊
斗笠也在分行的椅上
他們在東山島，喝茶也喝詩，海馬浸酒，意味一種增長
頭痛又在加劇！
語詞的事業比擬沙灘的奔跑，已無法踏上回程
二十世紀醃制在二十一世紀的冷盤裡
一路搖晃著，寫道：
「海的肋骨，海的評注，海將是解決的理由。」

二〇〇一——二——一，漳州

在劫難逃——我的詩生活

我在停頓中檢查一生債務
左眼為綠，右眼化灰
詩歌經過昨天成為它自己，漸漸平靜的
花草魂靈開向哪裡
閩南一九六九，二月二十四日，母親的血光之災，倒流的
淚水類似一縷長髮咬到嘴角
我聽到自己的哭聲混同鞭炮的炸響
以此為證
語言愈演愈烈，搬動兩張皮椅子
筷子在中間
石頭到兩邊，孩子們提著竹籃裝水，跑過
捧出鮮血的額頭和門檻

油條沾染煤粉，每一根都那麼新鮮
富於誘惑，無法放過飢餓的感覺
我們謀劃稻穀
用掃帚，和黃昏夕陽的餘暇
挖一隻蚯蚓給鴨子，另一隻給你
用來釣魚，或者把不期而遇的風碰個滿懷
樹枝上的蟬鳴，金龜子和蟑螂
細細的腳
捆在一起，盲目地飛，衝，撞——
父親們講古
夜晚的露天空格，悠閒不肯放過汗水們的藥丸
我看到一個人不斷地洗刷
重新定義關於月光和月光的思想
涼階斷裂好似轎夫讓道
剪刀剪布，不剪小蟲
圍成一圈的故事使苔蘚也像神跡

童年在茶廠
牆壁可以趴著呼喊：地雷，還是工兵？
嬉鬧的半個小矮人憑藉臉容獲得暗示
明白表示成長足印
彩虹完了，整個地墜落下來
我們開始互不相識，荷花捲殘葉各奔西東
壓力總是聚集在內
一俟爆發，人成為車輪的食物，沒有足夠的器皿
承接如此多的灰塵
和療治不好的傷害
空氣使沉默咳嗽，一幅想像意境已經過去
直到七月突臨，獨木橋變成坦途
擠進三串荔枝龍眼
雨過天晴，新的氣象懸置中天
一封移風易俗，一封強獸之難
躍上餐桌

雲鑽洞即為岩，白色的擺設
吞吐彼岸山川
小表妹坐於墓碑前形狀無知，惹人驚訝與憐愛
一炷香萌芽在她頭上彷彿飲水蜻蜓
滿場寧靜，寧靜是個寓所
代替事物起死回生的隱義
大愛無痕，亦無欲
我勸過詩歌的花生和魷魚絲
找個伴侶，養群兒女，偶爾傷風感冒權當做戲
舊派的戒律一點也不衰老
傳統蒸蒸日上，像雕刻出的偉大形象
扯一塊精神的紙頁埋葬自己
時鐘它背陰的部分依然嘀滴答嗒
肋骨分管的地獄提前洞開：
什麼是複製，什麼又是粘貼？
腦液被更換似地感到麻木

悟不清
也把不准真理的脈
我努力發現一切都在消退，淺薄的斜線洗個澡
冰冷得不肯斷氣
玻璃卻是林黛玉轉世，一碰即碎
空曠煥發理性，邀請自由前來駐壇
頌歌中服下死去三日的反省
愛與行動打著燈籠
懲罰不請自到，悲慘的心跳，再快些就能趕上光速
那輛和善的破卡車是甜的
肉體一一成為抵押物
它們有過失，但無害，它們永遠不成熟
像我熱愛的詩人
「希望本無所謂有，也無所謂無。」
我和魯迅交換感受，一致認為，時代於我已不相宜
酸澀的葡萄像在製造災難一樣

掛在仰望之上
除了在劫難逃我沒有任何理由
煙囪上棲息最後一句未完成的話
肥皂和抑制力
加倍地延遲剖肝瀝膽的痛苦
虛實之間顧盼生輝的消瘦軀體，黃臉婆
那些混亂的錯綜複雜的往事！
它們並不衝突
睡眠沒有先人可資餵養
我一直這樣睡下去
滿臉皺紋對滿臉皺紋
自然烏托邦
靈魂烏托邦
遺棄的勝利欠下失敗一張床
音信是匆忙的，愛戴是匆忙的，哪怕明天將出現
一個嶄新的詞我也無力招攬

一生只此一次在劫難逃
設想我曾有過拯救之舞
瘋狂的當口多少會逮住毫無隱晦的憂慮
我遇到塑膠槍筒，緩緩地
仇恨地對準胸口
以外的片刻安息擴展了破碎進程
詩歌與生活，解釋一種阻礙，一種侵略
剩下吮吸一干的哀愁
既然話語可以安置王國的興亡。
唯一的通道被深諳窒息的大火佔領，他們垂下
手臂，使呼吸像一把把合不攏的鑷子
我不斷地閱讀
不斷地與如此這般的絕境歷險
聽見史鐵生說，死是一件無須著急的事。
原罪的一念伴同悲天憫人閃現
因為詩歌教誨的

也正是陰影中資料齊全的人性檔案
潮濕或者溫暖
犧牲的說明書仍然在印刷，我依賴它假裝忘記未來
狂歡的婚禮、婚禮
婚禮是真的？
最後是削掉一半的現在和回家
（「鑰匙在窗臺，鑰匙在窗臺的陽光裡。」）

二〇〇一——六——七，漳州。

武夷三日

1　第三日

我想用一半的雨淹沒一半的晴
一半安一半不安
一半你一半他

沒有保險的話語塗上黃顏色，再多心些
就是強行忍住的紅眼圈
紙是白的但已皺了
它們這樣評價筆：多此一舉。
它們像一群酸疼的腿

挪移著，緩慢著，抱怨著
堅持不到最高的峰上

當大王就在頭頂
幔亭旁側，山為房，知了鳴叫
音調不被認識
我們偶爾喧嘩偶爾東遊西蕩
比較柳永和朱子
一個清清瘦瘦的詩人在攝像機的描述裡
落下霖霖細雨
那些吃時間長大的人，也吃感歎和悲涼
一場事故和另一場故事的殘羹冷炙
彷彿從真實中脫身而出
虛無應該永存
看看心是如何變成醜石，再看看詩
如何繁衍安慰

哦，秋天近了
使歐陽江河一想起來就寬恕了世界
羞愧有了藉口
到底是誰精心設計了這樣一個我
一根肋骨，詩的嘴唇
可憐的插曲已被登記在案
凡人無法有始有終
無法集極度的力量於一道道坎中

和許多人一樣
我如今安享平淡的生活
害怕裝進什麼，祈禱愚昧
和浪漫主義的滅亡
分不清紫薇還是芙蓉
催眠的藥徘徊在夜晚的門前，依然大睜著

數慢慢走過的風
沉默是製造的
鈴聲是為了聽不見
傷心的狀態毀壞了往事，靜靜走上十字架

儘管有肉身承擔一切
靈魂依然不可重新組織。

2　第二日

笑聲也顯得擁擠
結果陽光就轉換成雨，落下奔跑的線條
身影斜在肩上
腳步略帶憔悴
過程全都省略
只給結論

話語重了不必較真
因為今日所以當初，當初是好的
今日就有不打折的殘骸
我相信我的命
它不會帶我到任何壞地方
詩絕對正確
絕對有一天一天的脫胎換骨正在實施
所以你看到的我是好的

從二到二，中間塞進兩個〇，就是死與生
二〇〇二，往事觸手可及
往事越來越不像真的一樣復活
沒有預設的前提
四海之內皆詩兄弟也！
除了詩，什麼都能讓我受挫！

就是說，除了詩
我找不到適宜的理由透支別的神情
天，不規則地陰著
晴著
傳統的雨，現代的雨，被評論
歸納，總結成三十三年的驕傲
我一轉頭就碰上武夷的霧
武夷的茶：
茶是大紅袍
溪是九曲溪
女是玉女站在溪邊
王是大王坐上竹排
親愛的竹排，親愛的
大——王！

此刻只是一個執行疲憊的人
昏昏沉沉的眼睛與皺紋疊成詩行
睡不著時就把自己磨成針
睡著了就是觀念的孩子
（只有孩子才能讓我感到溫暖）
有呼有吸
每天都有新鮮的出場滿足舊時代的
火柴與天才
直到最終的恐怖凍結了我，我，天空的孩子
也是詩的孩子

我將認識一個名叫歷史的神
我將活在歷史的斷章裡
而且事實也是如此。

3 第一日

遲疑在我獲悉資訊的瞬刻捕捉了我
隔岸觀火，或置身其中？
堅硬的峰尖移植到腳下
再由此進入執拗的辯論

醜石、第三說、中間代
這些都是福建的特產：
豐富的詩歌山脈！
意識噴濺的旋渦比擬於造山運動
輻射並旖旎開來
過去就是未來，現在就是正在
猶如一部創世法典為每一段時間作證
我在人頭擠擠的溪流中掙扎而出，始信

旋渦是最為通行的碼頭
不斷地比出勝利的手勢

我在恢復，在讓你檢驗簡樸的願望
民間的純粹——
有些事燦爛
有些事腐爛
重要的是心靈裡的微波突然蕩了一下
感覺到了也就到了
蠟染的寬鬆環境會和資源浪費互不對稱
我應邀趕赴詩的約會，上帝知道
我多麼純潔
多麼不含殺機
神回來了，如果我曾詛咒過你，但現在
神回來了

他將幫我收回咒語，由不安至安
把我再次投胎為詩。

4 外一日：武夷

總有一些景致讓我想到什麼
武夷還是武夷
恰恰是這一個武夷讓我
與我的過去恐怖地
脫節
記憶不存在
我寫下這首詩
向我的過去認錯

二〇〇二——八——四，漳州。

雲水謠

雲水謠，漳州市南靖縣一村莊名，原名長教村，因作為電影《雲水謠》的外景地而聞名，遂更此名。乃山水清幽，歲月靜好的旅遊聖地。——題記

1 起意

靜寂，陽光
靜寂，透明的鵝卵石，和水
靜寂，江心洲綠草閃爍的欣愉，黑色水牛的皮膚
潮濕而亮，甩落我們的注視，和驚歎
黑色水牛不睬鎂光燈
不睬唧哩哇啦
它埋頭吃，吃

偶爾看看遠處的山
山反轉
山形如漏斗
陽光靜寂，一路漏到江裡
噫，逝者如斯
憑誰問
此山川大地，起意於
何年何月？

2　老伯

擺攤的老伯
黝黑
乾瘦
頭上斗笠不戴
身上錦繡不穿

他彎腰埋首，為我們盛上一碗兩碗香草蜜
攤子上有小方盒樸質，不言語。
我詢問老伯此為何物
答曰：土煙。

3　土煙

短小
粗糙
無過濾嘴
無外包裝
無「吸煙有害健康」
所以默默
所以黯然呆在攤位上
只等五月風過
你的眼把它釘上，再也不離棄。

4 土樓會所

葆國，何不在？
今日天豔
我來到你的會所——
你微博中圖片的原型如此情意紛揚
如此雅致
牆上牌匾如此文人如此商業
院內三兩男人打牌
並無聲息
葆國，何處去？
我們拍照，上網，@你。
你再看到我時
我已躍然網路，一如你的土樓
會所，僅餘圖片。

5 大榕樹

千年的根須，抓住
大地的呼吸，有茂密綠葉的形狀
有擰成麻花的脊背
夜晚
榕樹會走
男榕女榕相約游泳
看天象
雞叫時回歸原位
有的來不及
就死了
（他們把這叫做枯）

6 暴雨突至

暴雨
砸下來
黑滾滾的雲，壯漢的拳頭
捶打著大地上的物事
草低下頭
又抬起
水蕩起波紋
又回復
只有泥土老實
被砸出幾個坑窪
被流出紅色血液
看見看見了
閩南鄉土的顏色，是紅的

是紅的
看見了看見了
閩南暴雨的迅猛
是野蠻的
也是講理的——
雨一過，陽光就出來了。

7 紫鵑在不在

姑娘
蒼白面孔的姑娘
從詩歌中走出
她削瘦
讓人心疼
紫鵑紫鵑
你在，還是不在

都請喊我一聲
我是你睜眼看到的這個世界
雖然不完美
但，是活的
我是活著的這個世界
你摸摸我的心臟怦怦
大地的心臟
流水的心臟
你摸到我你就笑了。

8　福建土樓申「世遺」成功

每一座土樓，都有它神祕的氣場，必須找到它的穴位，或正中心，或古井旁，或正午豔陽下，那群老母雞，睡思昏沉的鍋灶邊。

9　故鄉親愛（兼給子林）

我重回故鄉
在故鄉的山水間找到感覺
我從死亡中抬起頭
眼神猶疑
我向著生之門走去，心懷恐懼
我看到門開啟著
那個為我打開生之門的人
就是你。

二〇一二——五——二十二，北京。

澳角十六節

1

路在海中，再長的路也有盡頭，澳角的路
它的盡頭是海——

再寬闊的海也有盡頭

沿著澳角的路筆直地跑，就能跑到海裡
沿著澳角的海筆直地跑，就能跑出東山

跑出世界。跑出地球。

2

一艘倒扣的船隻在路邊安靜地趴著
它的木質衣裳已經舊了，還有些殘破
啊大海，你已不能摔打它用你狂暴的波浪的手
你也不能欺哄它用你輕柔的海風神祕變幻的海市蜃樓

3

為什麼我們看到的海灣都是圓形的
澳角海灣也是圓形的
為什麼我們看到的鵝卵石都是圓形的
澳角的鵝卵石也是圓形的

為什麼澳角漁民的臉卻是方形的
我看到的許海欽
和許海欽們一直有著方方正正的臉，和心。

4

陽光一直年輕
大海總是蒼老
澳角的木麻黃日日吞吐著年輕的陽光和蒼老的大海
澳角的木麻黃，朝向陽光的枝丫是甜的
朝向大海的枝丫，是鹹的。

5

上帝把澳角打樁一樣敲打在大海之上
我尋遍澳角每個角落，一眼眼古井，一根根
上帝的釘子。

6

掀開大海的藍皮膚
永遠也掀不完的大海的藍皮膚
浪花白生生的牙齒咬過來
澳角的孩子說，不疼，一點也不疼！

褐色皮膚的澳角的孩子
藍色皮膚的大海的驚醒

夜晚，澳角的孩子睡了，海也睡了
孩子睡時無聲，大海睡時唰、唰、唰，有節奏的
大海兵團，在行進。

7

在澳角，每一張椅子都是樹木貢獻出的軀體
在澳角，石頭的椅子也要偽裝成樹木或者說

石頭本是樹木
樹木本是石頭

譬如樹化石，譬如煤。

8

海上有各色各樣船就像地上有各色各樣人。

9

遠遠望去，漁船在海上就像一塊塊石頭

一塊塊移動的石頭

一塊塊移動的石頭避開一塊塊移動的石頭

一塊塊移動的石頭也避開一塊塊不動的石頭。

10

他們把海圍成一小塊一小塊的農田
這片廣大的海域，有比陸地更多的農田

澳角的漁民
一生在農田耕耘，個個都是聖地牙哥。

11

海鳥在此岸剛做出欲飛狀
對岸的桉樹葉便聞風而動，把巴掌拍得嘩嘩響。

12

懸空的樹枝和樹葉
在你的鏡頭中有點突兀，顯然你沒告訴它們
你把它們從樹身中切割了。

13

天涯澳角。

14

再自由的大海，也要受制於潮汐的規律
再蠢笨的漁人，也知道大海何時潮來，何時潮走
澳角漁村

是澳角漁人建起來的
也是大海，建起來的。

15
大海的每次回頭，都使它離岸更遠。

16
海晏河清
保佑魚兒茁壯成長，保佑澳角漁民平安出海
平安歸來，歸來魚滿倉。

二〇一五——三——二十一，世界詩歌日，北京。

【後記】

故鄉記憶

漳州，漳州

漳州是臺灣政要陳水扁、呂秀蓮、蕭萬長、連戰的祖居地，呂、蕭、連都曾到漳州尋根祭祖過。漳州和臺灣確實很近，就隔著一個臺灣海峽。但語言不隔習俗不隔，每次見到電視上臺灣人說普通話我就覺得親切，那種「普通攪狗屎」（閩南語，意為「普通話中穿插著閩南話」）的講話風格實在太漳州了。我曾經用一個詞來形容閩南話——「崎嶇」，那種高高低低的語調還有全然有別於普通話的發音，實在是獨具一格。閩南話是唯一保存著隋唐以前漢語特點的方言，因此被學術界稱為「語言的活化石」。用閩南話讀古詩特別合轍合韻以至我們閩南人愛自豪地說「李白就是說的我們閩南話」。

閩南這地方開發得晚，漢以前為古越族原住民，晉代永嘉二年（三〇八年）的「五胡亂中華」時才有中原仕族衣冠南渡帶來林、陳、黃、鄭、詹、邱、何、胡八姓，也帶來了中原的黃河、洛水流域當時的漢語（河洛話由此而來），形成了閩南方言的基礎。西元六六九年河南光州固始縣人陳元光隨父親陳政帶兵入閩平亂，其父死後陳元光子承父業平定了閩粵邊陲騷亂，於永淳二年（六八三年）上奉《請建州縣表》奏請在泉潮間增置一州並於垂拱二年（686年）獲准於雲霄漳江之畔建立漳州郡治，這就是漳州。陳元光也因此被漳州人民尊奉為「開漳聖王」，漳州祀奉陳元光將軍的「威惠廟」隨處可見。當年陳政父子帶兵南下平亂後就駐紮在漳州，和當地百姓繁衍生息，所以，漳州人和河南固始縣人是有密不可分的血緣關係。臺灣人到漳州尋根，漳州人則經常到固始縣去問祖。漳州的「漳」來源於「漳江」，「漳江」則是陳元光家鄉河流的名字，他用它來命名他所看到的漳州某條河（其時漳州還未叫漳州）。

漳州地處偏遠，建置也較晚，似乎與名人有關的事不多，比較有影響的是南宋紹熙元年（一一九〇年）受命出任漳州知州的著名理學家朱熹在任期間留下的更化習俗、懲治官吏腐敗的典故。此外還有出生於漳州的明末著名學者、書畫家、愛國民族英雄黃道周，他在晚年募兵北上抗清，被俘後拒不投降，絕食以示必死之志。就義那天，他談笑風生，從容為人揮毫酣書。臨刑前，他咬破指頭，血書「綱常萬古，節義千秋，天地知我，家人無憂」，現在，漳州還建有「黃道周紀念館」。現代文學史上漳州出的三大家是：林語堂、許地山、楊騷，他們或出生於漳州或祖籍為漳州，總之都是漳州的品牌。其他界別的名流應該也不少，恕我不一一列舉。相對於文明開發時間早文明程度高的中原大地，漳州自然沒法滿目所見皆是古典詞彙，回憶我在西安、淄博，一路所見皆是書上走下的地名人名，感覺真是奇妙。文明的生生不息就是這樣的吧？每一個老詞彙都像自家的肌膚那麼親就像現在我看到的「漳州」這個詞，而多年前我是那麼渴望離開它，我寫下「漳州，漳州，我很快就要背井離鄉」（長詩〈失語〉，一九九九年）之後就付之行動。那時我信奉「一個沒有離開故鄉的人故鄉對他／她就是不存在」，這裡面說到底是青春夢幻症的發作，此症有一個名字叫「遠方情結」。「遠方除了遙遠一無所有」，海子一邊寫下這樣先知似的語句一邊繼續他的遠方行遊而最終，他到達了最為澈底的遠方，憑藉鐵軌的牽引。

現在我並不屬於我的此時此地寫下故鄉二字，我想到了漳州這個「遠方」，它留存在我記憶中的形象一一閃現：外公外婆的石碼大碼頭，父親母親的漳州茶廠，我的漳州師院我的浦南我的文化館，妹妹的北廟新村，女兒的延安北路，我希望我能在以後的生活中繼續闡述這些與我生命中人密切相關的地理詞彙。能不愛漳州嗎？這個滿耳閩南音亂竄，自行車紛湧的城市，這個夜裡燈火鋪開一條街又一條街大排檔的城市，這個容納了我南方一生的城市，這個我回望時悵惘似虛而真似真而虛的城市。倘若我不愛它我的過去就無所依附倘若我愛它，為什麼我還是離開了它？

一九六九年二月二十四日，農曆正月初八天公出生的前一天，我降生在石碼醫院。後隨母親來到父親工作的城市漳州。在父母供職的漳州茶廠廠區和一干同齡小朋友混玩，度過了沒有幼稚園的童年。

一九七五年——一九八六年分別在漳州大同五七學校（現稱小坑頭小學）、漳州一中、漳州三中度過了小學、初中及高中生涯。

一九八六年——一九八八年就讀於漳州師範學院中文系。

一九八八年——一九九五年任教於漳州浦南中學。

一九九五年——二〇〇二年供職於漳州市薌城區文化館。

今天，我已基本不用填寫如上無數次填寫過的「何年何地何事」

簡歷了，而在以前它們基本是我的必修專案，申報職稱、工作調動、辦理各色手續，都需要這樣枯燥的文字而生活是一天天過的它們多麼具體，所謂的酸甜苦辣只是我們能夠表達的一小部分，當我在故鄉漳州過到二〇〇二年時我看到外婆因中風而癱瘓在床五年，外公因為服侍外婆而無法走動多年前外公說，等我退休了我就要到處走走，後來又說等你外婆不做小買賣了我就到處走走，再後來外公不說了，再後來外公去世了外婆也去世了，我再也不能拿我的注視跟蹤他們了。他們一輩子都在隸屬於漳州的縣級市龍海市石碼鎮！然後我對母親說，我不想像外婆和你一樣過。母親驚訝地問：你要怎麼過？不知道，我說，反正我不想像你和外婆一樣過。於是我離開漳州，除此，我不知道我能怎樣不像外婆和母親一樣過。既然生命都是現場直播而我已觀看了外婆直播的一生，我就希望我的生命能播得和外婆不一樣，這應該是無可厚非的吧？也許。誰知道呢？

我的漳州，我的回不去的漳州，我提筆寫下的竟然是這樣的語句——

又一次回到漳州，回到的永遠不是漳州。我居住過的延安北市場邊的預製板樓拆了，新的樓房正在建設中。那條連接父母和我住處的路也因此變得迷離，我使勁地想，也回憶不起當初各棟樓的走向。新的建築物覆蓋了它們的痕跡，並製造出新的肯定句式。故人雖在，卻都變新人。隔著數年時光，語言摸索著尋找對接的焦點。

其實不若辛棄疾說的，天涼好個秋。

二〇〇九——一——六，北京。

本名黃江嬪中「江」字的來歷

江老爺子是母親能說起的第一個江氏創業者，其名不考。江家最初居於泉州惠安縣下垵村，屬當地大戶。其時，江老爺子正當壯年，常年行船走水路於上海和泉州之間進行商業貿易，在那個水路為上公路鐵路稀缺更無航線的時代，走水路即為富貴的代名詞。江老爺子置下的家業有兩落（閩南語，意為「座」）大厝，和紋銀若干。膝下只有一子名江炳煌，後又收養了兩個兒子。三個兒子遂成為當地土匪綁架的目標。在經歷了綁匪輪番勒索後，江老爺子在家中特築了一道牆，中空其內，每天讓三個兒子躲於牆內吃喝拉撒，這才避免了義務供奉綁匪的冤枉錢。如同大多數那個年代的富裕人家，江老爺子其實極其節儉，家中常年主食為番薯。

江老爺子有意培養兒子江炳煌子承父業，每次出海跑生意都把兒子帶上，奈何江炳煌不是做生意的料（也許跟牆內生活沒見世面有關？存疑），也不愛這個與金錢打交道的行業，娶妻生子後，江炳煌帶著妻子和三男一女共計四個孩子：江錦炎、江錦鳳、江錦錐、江錦松，離開惠安老家，遷居漳州龍海縣石碼鎮，讀過私塾的江炳煌謀得一個記帳的職業，在石碼安頓下來。

江炳煌先後娶妻四位，那個年代不興離婚，所以都是死了再娶，非同時娶。四個孩子均出自同一個母親，也是比較特殊，值得一記。

話分兩頭，再來敘敘蘇碧貞的事。蘇碧貞，人皆稱蘇阿蓮，簡稱蓮啊。原本漳州人氏，從小被好吃懶做的生父以六十大元賣給寡居的養母高命金，深得養母和養外祖父的疼愛。後，養母帶著她改嫁江炳煌，蘇阿蓮於是和江炳煌的四個孩子一起長大。親上加親是那個時代的理所當然，養母和江炳煌決定在三個兒子中選一個給蘇阿蓮，疼愛蘇阿蓮的養外祖父會看面相、算命理，老人家親自跑到石碼逐一考證江炳煌的三個兒子後認定，江錦錐適合當他養外孫女的丈夫，老人家並且偷偷算出江錦松不是長命之相，後果然如此，民間相面術神奇如此，值得一記。

於是，江錦錐和蘇碧貞成親了。時在一九四四年。

他們，便是我的外公和外婆。

江錦錐，一九二三年出生，二〇〇六年五月去世。

蘇碧貞，一九二八年出生，二〇〇六年九月去世。

這是我母親這邊的歷史簡述。我本名黃江嬪中「江」字的來歷。

是為記。

二〇一〇——八——十一，漳州。

他不是你的父親，他只是我的父親

是時候寫父親了。二〇一一年七月十五日，父親在漳州家中突然發病，母親和妹妹目睹了父親發病的整個過程，他因為我寄回家中的禮物分成兩份一份給他一份給母親而惱怒著，正和母親拌嘴，不示弱的母親自然加以回擊，父親於是又使出了他的殺手鐧，他指著母親說，這房子是我買的你給我滾，到你女兒那裡去吧。話音未落，他突然聽到腦子裡細微的「叭」的一聲，頭便往右垂，右手也鬆垮下來，整個手掌開始握成拳，妹妹第一時間衝上去掰他的手掌，她聽到父親喃喃著「不能急，不能急」，這句話成為父親留在這世上的最後一句。父親並未就此西去，他被母親和妹妹撥打急救車送到漳州市醫院。然後就在醫院躺了整整一月，於二〇一一年八月十五日，農曆七月十六日辭別人世。

父親發病那天是農曆六月十五，閩南習俗「半年節」，這是一個大節日，母親說，這天發生的任何事都是天註定。也就是，父親在這一天發病並最終辭世，有他不可逃避的宿命在。

行文至此我突覺手涼心悸並連打五個噴嚏，頭還微微發暈，父親一定已經來到我身旁看我如何寫他。父親，就是您在身邊看著我，我也要寫出我一直想寫的心裡話。

還是回到我寄出去的禮物吧。為什麼我要分兩個名單，這是父親一直耿耿於懷並為此送命的由頭。我對父親說，但我能只寄給您嗎？此前我寄給您的禮物您死死捂住不分給母親一份，您對母親說，這是女兒寄給我的，又不是寄給你。於是我遭來母親的大罵，母親說，你寄東西給你父親不寄我就是讓你父親看不起我。回想起每次回鄉，父親總在我耳旁念叨他的退休金如何不夠花費，引得我愧疚萬端每次都悄悄塞給他千兒八百的，每次都叮嚀又叮嚀萬不可給母親知道，但每次父親都會故意向母親炫耀引來母親電話追到北京，要我以後別回去以免錢給父親讓父親得意我對他的好。每次我都說，我不也要給您錢嗎，是您不要的。母親就說，我不像你父親，不體貼孩子。

這就是一輩子互相折磨永遠也不快樂的父親母親。從我和妹妹記事起，父親母親就從沒有間斷爭吵。很小的時候，每當父母爭吵完後必騎上自行車，父親載著母親，也不知找哪個領導訴說評理去，我和妹妹在房間裡大哭，哭累了跑到外面玩，玩著玩著就有小朋友說，你爸媽回來了，我們抬頭一望，父親騎著自行車晃晃悠悠向家門騎來，後座上坐著母親。找領導評理後戰火停不了兩三天又得重燃，然後又去評理，周而復始。

說起來父親和母親還是自由戀愛結的婚，兩家居然隔著一條街相望，從母親的家喊一聲，父親那邊就聽得見，反過來也是。那條街叫解北街，在石碼鎮龍海縣漳州市福建省。母親讀初二時到對面輔導她的同學數學課業被同學的鄰居，時在部隊當兵的父親看見，兩人開始通信。尚未成為我母親的初二女生信中對尚未成為我父親的兵哥哥的稱謂是「解放軍叔叔」。一九六六年，文化大革命爆發。一九六八年，「解放軍叔叔」對停課鬧革命的高中女生說，你趕緊嫁給我，不然要上山下鄉啦，上山下鄉後你再想嫁給我那就是逃避上山下鄉了。原本有望考上北大清華的尖子班學生我母親就這樣嫁給了小學畢業生（且還留過兩次級）的我父親，並於次年（一九六九年）生下了我。

覆巢之下沒有完卵，文化大革命就這樣改變了我母親一生的命運。現在，她年紀輕輕（二十歲）就嫁做人婦，直接從學校一步跨到家庭婦女的行列。生性有諸多毛病的父親，年輕守寡帶大兩個兒子的婆婆（和所有的文學作品一樣，這樣的婆婆總是刁鑽刻薄的，當然，憑心而論，我奶奶對我這個長孫是很好的），天真單純的母親在這樣的家庭環境下終於挺不住，精神抑鬱了。母親抑鬱的時候很年輕，應該不到三十歲，父親在充當了迫使母親抑鬱的主力之一的角色之後反過來又品嘗了母親因抑鬱而給家庭當然也包括他製造的痛苦和煩惱——你能指望一個抑鬱症患者講道理嗎？父親和母親就這樣形成了雙向傷害的格局。父親自身的性格幾乎是缺點的集合體，好吃懶做，不安分，還虛榮，還愛找女人。我曾有詩如下「父親的一生是煙酒的一生，也是小姐的一生」，父親居然讀到了，但沒生氣，只是笑說，有這樣寫父親的嗎？如果說父親有什麼優點的話，那就是他對文字的仰慕和尊重，他在當兵時寫過的一篇題為《鄭連長的旅行包》的豆腐乾小說曾經發表在《解放軍報》上，他端端正正剪了下來貼在本子上向我炫耀，他有一本厚厚的日記本寫有諸多文字，我北漂後不知遺失在什麼地方了，這是我對不起父親的地方。倘若父親有那個環境，繼續走文學的路，也許他會是一個優秀的作家？他的這些毛病對藝術家而言原本就不是毛病而是名士風流，但是，父親終究和母親一樣，沒有趕上好時代。

沒有走上文學之路的父親復員後分配到工廠，之後調到貿易公司，誤打誤撞成為第一批下海經商的人，竟然發家致富了。和同學們相比，我們家是比較早有彩電和電話的。掙了錢的父親少部分投於家用，大部分扔給外人，當然還有女人。他動輒就把全公司幾十號人招呼到飯館大吃大喝，把母親氣得不行，但也沒辦法，錢在他身上，管不了啊。臨近晚年的父親跟不上時代的潮流，經商能力不濟了，更兼一幫狐朋狗友紛紛以投資名義騙走他的錢（就是融他的資許以高息回報其實最後本息皆無），以致父親退休後只能靠退休金過活，正常老人花銷退休金也就夠了，但父親依然要享用他的花天酒地，便捉襟見肘，脾氣便越發乖戾，時時威脅著要把房子賣了，他自己去租小點的，再把餘錢自己花。說起來父親這一生也只有置了這一套兩居室的房，竟然如此霸道，一和母親吵架便要趕母親，前面所說他的發病正是他趕母親的時候。當我獲悉父親住院後飛回漳州，在醫院，我看到父親兩個鼻孔和喉嚨都插著管子，半身不能動盪，我緊緊握住父親還有知覺的手，淚流滿面。父親從發病的那天起便喪失了語言能力，但他的思維一直很清楚，他一定清楚地聽到母親和護工訴說他一生的不是。我和妹妹試圖制止母親但我們也拿偏執的母親沒有辦法。我想父親的最後時光一定倍感悽楚，他嘗到了他的妻子對他近乎拋棄的置之不理。但我們很理解母親，當父親活著時動輒拿房子來威脅要趕走她時，你能指望她盡心盡力服侍父親？父親走了以後，母親過上了最為舒心的時光，臉上不再苦大仇深而是難得的溫柔，我甚至覺得父親走了以後母親變得年輕漂亮了。父親和母親的一世冤仇終於得靠死亡來解決，嗚呼。

作為長女，我基本遺傳了父親和母親身上的所有缺點，倘無詩歌，倘沒有詩人這一身分的遮掩，我將是令人難以忍受的。時至今日，我越來越明白這點。繼續寫下去這話題會很長，我想說的是，無論父親母親自身有多大恩怨，我對他們都沒有盡到一份女兒的責任，我的不顧一切的北漂是對他們的最大不孝。現在我略微可以做補償的時刻父親去世，母親則因為身體太過敏感於環境而無法來北京生活，我對父母犯下的錯竟至於無法彌補，這是我深藏於內心的羞愧。父親去世後我是夢見他最多的人，有意思的是父親在夢中經常向我訴說沒錢，顯然父親在那邊也很會花錢，我於是趕緊和妹妹給他燒大筆紙錢。今天，我有能力把父親接來北京與我同住時他卻已不在人世，「子欲養而親不在」，說的就是這樣。

我在父親去世後寫了一首詩題為〈每個詩人一生都要給父親寫一首悼詩〉，說的就是父（母）與子，父（母）與女這個永恆的主題，近幾年，為父親寫悼詩的還有雷平陽、陳先發、格式、中島等，我希望我寫出的是獨屬於我自己的父親，他不是傳統意義父慈子孝的父親，他不完美，但他確實是我的父親。希望父親能原諒我對他的不美化不偽飾。父親，如果您現在轉世投胎了，請托夢於我。

二〇一四——十——十六，北京。

讀詩人67　PG1348

父母國
——安琪詩集

作　者	安　琪
責任編輯	辛秉學
圖文排版	連婕妘
封面設計	楊廣榕

出版策劃	釀出版
製作發行	秀威資訊科技股份有限公司 114 台北市內湖區瑞光路76巷65號1樓 電話：+886-2-2796-3638　傳真：+886-2-2796-1377 服務信箱：service@showwe.com.tw http://www.showwe.com.tw
郵政劃撥	19563868　戶名：秀威資訊科技股份有限公司
展售門市	國家書店【松江門市】 104 台北市中山區松江路209號1樓 電話：+886-2-2518-0207　傳真：+886-2-2518-0778
網路訂購	秀威網路書店：http://www.bodbooks.com.tw 國家網路書店：http://www.govbooks.com.tw
法律顧問	毛國樑　律師
總 經 銷	聯合發行股份有限公司 231新北市新店區寶橋路235巷6弄6號4F 電話：+886-2-2917-8022　傳真：+886-2-2915-6275

出版日期	2015年9月　BOD一版
定　價	360元

Printed in Taiwan

國家圖書館出版品預行編目

父母國：安琪詩集 / 安琪著. -- 一版. -- 臺北
市：釀出版, 2015.09
面； 公分
BOD版
ISBN 978-986-445-041-1(平裝)

851.486 104014032

讀者回函卡

感謝您購買本書，為提升服務品質，請填妥以下資料，將讀者回函卡直接寄回或傳真本公司，收到您的寶貴意見後，我們會收藏記錄及檢討，謝謝！如您需要了解本公司最新出版書目、購書優惠或企劃活動，歡迎您上網查詢或下載相關資料：http:// www.showwe.com.tw

您購買的書名：________________________________

出生日期：________年________月________日

學歷：□高中（含）以下　□大專　□研究所（含）以上

職業：□製造業　□金融業　□資訊業　□軍警　□傳播業　□自由業

□服務業　□公務員　□教職　□學生　□家管　□其它_____

購書地點：□網路書店　□實體書店　□書展　□郵購　□贈閱　□其他

您從何得知本書的消息？

□網路書店　□實體書店　□網路搜尋　□電子報　□書訊　□雜誌

□傳播媒體　□親友推薦　□網站推薦　□部落格　□其他__________

您對本書的評價：（請填代號　1.非常滿意　2.滿意　3.尚可　4.再改進）

封面設計____　版面編排____　內容____　文／譯筆____　價格____

讀完書後您覺得：

□很有收穫　□有收穫　□收穫不多　□沒收穫

對我們的建議：________________________________

____

____

____

請貼
郵票

11466
台北市內湖區瑞光路 76 巷 65 號 1 樓
秀威資訊科技股份有限公司 收
BOD 數位出版事業部

....

（請沿線對折寄回，謝謝！）

姓　名：＿＿＿＿＿＿＿＿＿＿ 年齡：＿＿＿＿ 性別：□女 □男

郵遞區號：□□□□□

地　址：＿＿＿＿＿＿＿＿＿＿＿＿＿＿＿＿＿＿＿＿＿＿＿＿＿＿

聯絡電話：(日) ＿＿＿＿＿＿＿＿＿＿＿ (夜) ＿＿＿＿＿＿＿＿＿＿＿

E-mail：＿＿＿＿＿＿＿＿＿＿＿＿＿＿＿＿＿＿＿＿＿＿＿＿＿＿